환상의
책방 골목

환상의 책방 골목

김설아
이 진
임지형
정명섭
조영주

차 례

언젠가부터 동네 곳곳에 작은 책방이 생기기 시작했습니다. 처음엔 그저 주변의 책방에 들러 책을 몇 권 사는 정도였다가, 강연 등의 일정으로 전국을 순회하며 자연스레 지방 곳곳의 책방을 들르다 보니 알게 됐습니다. 책방마다 참 개성이 다르고 모두들 어렵다는 것을요.

은평구에 있는 니은서점의 주인장인 노명우 교수가 적은 책 《이러다 잘될지도 몰라, 니은서점》에는 빵권데이에 대한 이야기가 나옵니다. 말 그대로 한 권도 책이 안 팔리는 날에 대한 이야기입니다. 하지만 그보다 더 무서운 건, 단 한 명도 서점에 사람이 들어오지 않는 날이라고 합니다.

그런데 제가 전국을 돌아다니다 보니 알게 됐습니다. 하루뿐만 아니라, 몇날 며칠 단 한 명의 손님조차 들어오지 않는 날도 있답니다. 이런 서점 주인장들의 이야기를 듣다 보니 마음 한구석에 안타까움이 생겼습니다. 책방 주인의 개성이 곳곳에 스며든 곳을 사람들이 안 찾다니! 어떻게 한 번이라도 더 들르게 할 방법이 없을까.

그런 생각으로 기획한 책이 바로 이《환상의 책방 골목》입니다. 특별할 것 없어 보이는 우리 동네 골목, 그곳에 어쩌면 이런 책방이 있을지도 모른다는 생각의 이야기를 만들고 싶다는 마음에 여러 작가님들이 응해 주신 덕이랄까요.

첫 번째 책방은 김설아 작가가 준비한 '사차원 책방' 이야기입니다. 김설아 작가는 정부 지원사업에 참여해 책방에서 실제 근무 중이기도 합니다.

제가 동네 책방과 인연을 맺게 된 것은 작년부터입니다. 정부 지원 사업에 참여하게 되어 동네 책방을 알게 되었고 일단 매력을 느끼게 되자 다른 동네 책방들도 찾아다니게 되었습니다.

동네 책방은 일단 어떤 공간에서 무슨 책을 만날지 알 수 없다는 것이 가장 큰 매력이겠죠. 대형 서점이나 인터넷 서점과 달리 획일화와 정형화를 거부한다는 것이 저에겐 가장 큰 매력이었습니다. 클릭 한 번에 집 앞까지 배달해 주는 인터넷 서점의 편리함을 버릴 정도로 정말 저마다 모두 달라 새롭게 책을 감각하고 체험할 수 있는 공간입니다.

아무리 이북이 많이 나온다고 해도 종이 책은 사라지지 않겠지요. 사람들은 만질 수 있는 걸 믿게 마련이니까요. 수지 타산이 안 맞을 게 뻔히 보이는 것 같은데도 동네 서점들이 계속 생겨나는 걸 보면 책방 주인들이 개별화와 특수화를 통해 미래를 개척해 나가고 있다는 느낌이 듭니다. 아마 그 미래의 정점은 제 소설에 등장하는 '사차원 책방' 같은 곳이 아닐까 합니다.

사차원과 빙글빙글 괴물에 대한 개념은 미치오 가쿠加来道雄의 《초공간》을, 테서렉트로 만들어진 책방은 로버트 앤슨 하인라인Robert Anson Heinlein의 단편소설 〈그리고 그는 비뚤어진 집을 지었다〉에 나오는 집을 참고했습니다.

김설아

두 번째 책방 이야기는 '무덤 책방'의 이야기입니다. 책들이 마지막에 가는 곳, 마치 묘지와 같은 책방에서 펼쳐지는 이야기를 이진 작가가 적었습니다.

〈모노크롬 하트를 찾아서〉는 이른바 '레어템'이 된 절판 도서를 찾아 헤매는 독자의 이야기입니다. 책을 좋아하는 사람이라면 헌책 한 권에 목을 매는 슬언의 마음을 이해하기 어렵지 않을 것입니다. 한편 이 이야기는 선택받지 못한, 대놓고 말하자면 잘 팔리지 못한 책들에 대한 이야기이기도 합니다. 자고 일어나면 새로운 것들이 놀라운 속도로 쏟아지고, 낡은 것들은 그보다 더 빠르게 사라지는 시대입니다. 너무 빨리 사라져 버리니까 한때 그런 것들이 존재했는지조차 헷갈릴 때도 있어요.

《모노크롬 하트》처럼 중도 하차된 작품, 아마추어 작품, 한때 큰 성공을 거두었지만 시간이 흘러 잊히거나 때로는 비판의 대상이 된 작품들까지, 작품이 세상에 존재했다는 사실 자체가 묻히는 건 안타깝다기보다는 아까운 일입니다. 이 야야기는 잊혀 가는 것들을 갈무리하는 일을 지속하는 무덤지기 할머니 같은 분들께 보내는 감사의 마음이며, 소설을 통해 행복을 찾으려 애쓰는 독자들, 특히 슬언이 같은 청소년 독자들에게 보내는 저의 작은 선물입니다. 읽는 동안 행복하시기를.

이진

세 번째 이야기는 임지형 작가의 '심야 서점'입니다. 실제로 여러 서점들이 심야 책방을 이벤트로 운영 중입니다. 하지만 이 이야기 속 서점은 다릅니다. 단순한 서점의 이야기가 아닌, 응원의 메시지가 가득한 이야기랄까요.

작가에게 밤은 축복의 시간입니다. 적당한 조명과 따뜻한 차 한 잔을 두고 틈나는 대로 적어두었던 아이디어 수첩을 꺼내 놓으면 밤도 가만히 나를 들여다봅니다. 비로소 하루 종일 내 안에 들끓던 욕망과 분주함이 차분히 가라앉으면서 마음먹은 글을 시작할 수 있게 됩니다. 마감에 쫓기지 않을 때는 책을 읽기에도 밤은 더없이 좋은 시간입니다. 똑같은 문장도 낮에 읽을 때는 머리가 반응한다면, 밤에 읽으면 마음 깊은 곳에서 움직이는 느낌을 받곤 합니다. 밤에 글을 쓰고 책을 읽는다는 건 그러므로 나의 유희이자 선물이고 축복입니다.

심야 책방을 떠올린 건 나와 같은 누군가에게 보내는 작은 응원의 시작점입니다. 밤과 밤 사이 당신이 원하는 만큼 머물 수 있는 곳. 그냥 이야기를 해도 좋고, 책을 읽어도 좋고, 그리고 아무것도 하지 않아도 괜찮은 곳이 있다면 얼마나 좋을까 하는 생각에서 출발했으니까요. 특히나

요즘처럼 초단위로 바쁘게 살아가는 청소년에게 그냥 아무것도 하지 않아도 누구도 개의치 않고 품어 주는 공간을 잠시나마 맛보게 하고 싶었습니다. 그리고 바람이라면 언젠가 이런 곳을 정말로 만들어 보고도 싶습니다.

임지형

네 번째 이야기는 '유령 서점' 이야기입니다. 정명섭 작가는 괴롭힘과 따돌림 속에서 꿋꿋이 살아가는 아이의 이야기를 책과 함께 풀어냅니다.

최근 학교에는 한 학년에 한두 명이 책을 읽고 있습니다. 한 반이 아니라 한 학년에요. 그래서 책을 읽는 아이들은 제 단편 소설에 나오는 리아처럼 괴롭힘이나 따돌림의 대상이 됩니다. 그리고 아이들은 종종 책같이 재미없는 걸 왜 읽는지 모르겠다고 저에게 물어보곤 합니다. 그럴 때마다 스스로에게 물어봅니다. 책이 재미있는지, 그리고 재미있다면 이들을 어떻게 설득할지 말입니다.

이든도 책을 싫어하는 아이였는데 어쩌다 보니 책방에서만 지내야 하는 유령이 되었습니다. 책방 밖으로는 한 걸음도 나갈 수 없게 된 이든은 과연 책을 사랑하게 될까요? 책이 유령처럼 사라지고 있는 시대가 되고 있습니다. 책이 사라지면 그다음은 인간의 차례가 아닐까 하는 걱정스러운 마음을 담아서 이 글을 썼습니다.

정명섭

작
가
의
말

마지막으로 제가 준비한 이야기는 실존하는 서점에서 아이디어를 얻은 '덕후 책방' 이야기입니다.

작년, 파주에 있는 작은 책방 '오래된 서점'에 들를 일이 있었습니다. 이 책방은 기이하게도 아스팔트가 뚝 끊긴 막다른 길, 중국집 맞은편에 있었습니다. 인테리어도 흥미로웠습니다. 본래 고깃집이었던 곳을 책방으로 내다 보니 독특한 분위기를 자아냈습니다. 동네 사랑방 역할도 겸해서 인근 주민이며 아이들이 원하면 얼마든지 놀다 갈 수 있는 분위기라 이것 참 흥미롭다 싶어 이 소설의 배경으로 등장시켜 보았습니다. 하지만 나머지는 창작입니다. 파주엔 진정읍이 없고, 서점 주인 부부는 소설 속 '또라이' 서점 사장과 전혀 다릅니다. 물론 크리링 리미티드 에디션도 없고요. 시간 되실 때 파주에 들러 소설 속 풍경과 실제 서점이 어떻게 다른가 비교해 보는 것도 쏠쏠한 재미가 되실 듯합니다.

조영주

사차원 책방, 무덤 책방, 심야 책방, 유령 책방, 덕후 책방. 각기 콘셉트를 듣고 보니 이런 책방은 세상에 존재하지 않을 것도 같습니다.

하지만 저는 생각합니다.

이 책을 읽은 당신이 "나도 이런 서점에 가 보고 싶다."는 마음으로 《환상의 책방 골목》을 들고 길을 걷다 보면, 해 질 무렵 노을이 닿는 곳에서 지금까지 본 적 없는 서점 입간판이 나타날지도 모른다고, 그 서점은 이 책에 실리지 않은 새로운 ○○책방일지도 모른다고 말입니다. 이 책을 접한 오늘이 당신 인생의 ○○책방을 만나는 날이 되길 바라며, 줄입니다.

단풍이 물들기 시작한
환상의 책방 골목에서
당신을 기다리는,
조영주 드림

사차원 책방과
빙글빙글 괴물

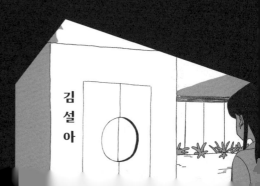

김설아

아무리 생각해도 이상했다. 건물이란 게 하루 만에 버섯처럼 솟아날 수가 있는 건가? 그게 불가능하다면, 이 건물 역시 말이 안 된다. 전날 땅이 흔들릴 정도로 비가 퍼붓고 천둥과 번개가 치기는 했지만, 어디까지나 태풍 때문이었고 이제는 경로도 벗어났다.

하늘은 맑았고 날씨는 아침부터 무더웠다. 분명 어제까지만 해도 이 건물은 없었다고 생각하며 미지는 미간을 찌푸렸다.

여긴 비밀 아지트였다. 적어도 미지가 알기로는 아는 사람이 없었다. 발견한 이후 지나가는 사람도 못 봤고, 데려온 사람도 없었다. 대단한 곳은 아니다. 그냥 외진 골목에 있는 빈터였다. 회색 시멘트 바닥과 담뿐인, 자세히 보면 잡초 한두 포기쯤 있으려나 싶은 곳. 길을 잘못 들어 만난 공터에 끌린 이유는 여기가 자신과 똑 닮았기 때문이다.

칙칙하고 존재감 없는, 한마디로 쓸데없는 존재. 이게 바로 중학교 1학년인 이미지가 생각하는 '나'라는 존재였다.

'이건 도대체 무슨 건물이람?'

미지는 여름 햇살에 반짝거리는 건물을 쳐다보았다. 컨테이너에 가까운 그냥 정육면체 덩어리였다. 게다가 벽마다 색이 달랐다. 정면은 분홍, 옆면은 초록과 하늘, 윗면은 검정, 뒷면은 보라색. 방 하나 크기일 뿐인 이 건물의 정체는 도대체 뭘까? 은색의 저건 문인가?

기묘한 이질감에 차마 가까이 다가가지 못하고 있는데, 어디선가 목소리가 들려왔다.

"끈덕지다, 끈덕져. 여기까지 관광 왔네…."

어느새 곁에 하얀 얼굴에 투블록 상고머리를 한 남자아이가 서 있었다. 처음 보는 얼굴이었지만 미지랑 같은 학교 교복을 입고 있었다. 미지가 빤히 쳐다보자 소년은 손을 척 내밀었다.

"나, 이현재. 알지? 잘 부탁해."

안다고? 처음 보는데. 긴 눈매에 큰 눈동자가 반짝거렸고, 오뚝한 코와 붉고 윤기 나는 입술, 군살 하나 없이 미끈하게 뻗은 몸매, 키는 크지 않았지만 얼굴이 무척 작고 팔다리가 길었다. 잘생겼네. 미지는 당황한 채로 긴장했다.

얼떨떨하게 악수를 하는데 손이 묘할 정도로 차갑고 매끈했다. 무슨 새 책을 편 것처럼. 손을 잡고 흔드는데 현재가 미지를 확 끌어당기더니 귓가에 대고 속삭였다.

"살살해라. 죽이지만 마."

"뭐, 뭐라고?"

현재는 씩 웃더니 벽을 향해 걸어갔다. '앗, 부딪히는 건가?' 싶을 무렵 그대로 사라져 버렸다.

"뭐야…."

미지는 혼잣말을 중얼거리며 건물과 시멘트벽을 번갈아 가며 쳐다보았지만 아무리 봐도 답은 나오지 않았다. 그때 주머니에서 휴대 전화 알람이 울렸다. 점심시간이 끝나기까지 10분 남았다. 점심을 빵으로 때우면서 공터로 와서 책을 읽곤 했던 미지는 늘 알람을 맞춰 놓았다. 교실에서 책을 보면 시비를 거는 애들이 있어서 여기서 읽었는데, 오늘은 이상한 건물의 등장으로 책을 못 읽었다.

'아, 도대체 뭐야, 이 건물.'

알록달록한 건물을 힘껏 노려본 미지는 겨드랑이에 《데미안》 양장본을 끼고 얼른 학교 쪽으로 달려갔다.

ooooo

5교시. 초등학교 때부터 수학과 서서히 멀어져 온 미지는 칠판 숫자들을 보고 있노라니 매직 아이를 보는 것처럼 어지러워져서 무심결에 운동장을 바라보았다. 운동장 한가운데에 거대한 구가 떠 있었다.

미지는 눈을 비볐다. 꿈인가? 꿈이라기엔 선생님의 목소리가 귓가에 너무 선명하게 들렸다. 선생님은 미지를 부르고 있었다.

"이미지? 이미지! 미지야!"

미지는 자리에서 벌떡 일어났다. 미지가 일어나는 바람에 책상이 흔들린 뒷자리 여자애 둘이 소곤거리는 소리가 들렸다.

"진지충, 졸다 걸렸다."

미지는 획 뒤돌아보았다. 엎드린 채 키득거리던 두 소녀와 눈이 마주쳤다. 미지는 창밖을 가리켰다. 두 소녀가 "뭐야?" 하고 외치자 다른 아이들도 일제히 창밖을 보았다.

"저게 도대체 뭐야?"

수학 선생님마저 창가로 다가가서 안경을 치켜올리며 정체불명의 구를 보았다. 아이들이 저마다 의견을 내놓았다.

"이벤트인가?"

"이벤트인데 왜 저딴 게 와? 그것도 저렇게 큰….

"어? 움직이는데?"

"그러게. 무슨 팽이처럼 빙글빙글….

아이들이 쑥덕대는 가운데 5교시를 마치는 종이 울렸다. 거대한 구를 본 아이들은 1학년 4반 아이들뿐만이 아닌지, 종이 울리자마자 학교 전체가 아래로 내달리는 발소리로 요란했다.

운동장으로 달려간 아이들 중에 가장 먼저 도착한 정진호라는 3학년 학생이 구를 향해 손을 뻗었다. 손은 순식간에 사라졌고, 진호는 얼굴에 새빨간 피를 뒤집어썼다. 진호가 울부짖었다.

"내 손!"

그 소리와 동시에 거대한 구가 눈앞에서 사라졌다.

"어? 어디로 간 거지?"

아이들이 패닉 상태에 빠져 있을 때 구가 다시 나타났다. 그리고 진호의 손이 안에서 툭 튀어나왔다. 손가락은 세 개밖에 없었다. 진호가 뒷걸음치며 중얼거렸다.

"괴, 괴물이다…."

다른 아이들도 주춤주춤 물러서거나 뒤돌아서 도망쳤다. 미처 물러나지 못한 아이들 중 몇이 구 안으로 사라졌고 몇몇 아이들은 팔과 다리, 어깨 등 몸 어딘가가 뜯겨 나가거나 찢어졌다. 잠시 후 진호를 비롯해 부상을 입은 아이들도 구에 빨려 들어갔다.

나타났다 사라졌다 피를 뿜으며 움직이는 구 때문에 운동장은 아수라장이 되었다. 아이들은 모두 교실로 돌아와 문이란 문은 모두 닫았다. 구 모양의 괴물은 여전히 고장 난 크리스마스 전구처럼 사라졌다 나타났다 반복하며 운동장을 활개치고 있었다.

수업은 5교시로 끝이었다. 담임선생님 하이모가 숨을 헐떡이며 달려와 아이들에게 말했다.

"얼른 집에 가라!"

꼭꼭 닫아걸고 커튼까지 쳐 놓은 유리창을 힐끔거리던 반 아이들이 말했다.

"예에? 지금요?"

얼마나 급하게 왔는지 앞머리 가발이 홱 비뚤어진 하이모는 손을 뻗어 운동장 쪽을 가리키며 말했다.

"이게 어떻게 된 일인지 알아보고 단톡방에 알려 줄 테니 최대한 조용히 빠져나가라!"

아이들은 주섬주섬 가방을 챙겼다. 하이모라는 별명처럼 담임의 가발 위치는 늘 아이들의 놀림거리였는데 오늘은 웃는 아이가 한 명도 없었다.

다행히 정문은 건물 뒤쪽에 있어서 안전하게 학교를 빠져나올 수 있었다. 괴물이 먹어 치운 아이들을 제외한 870명에 가까운 아이들이 선생님들의 지도 아래 학교를 빠져나갔다. 아이들이 모두 하교하자 선생님들도 퇴근했다. 긴급 회의는 온라인으로 가지기로 했다.

∘ ∘ ∘ ∘ ∘

휴교령이 내렸다. 교무실에 문의 전화가 빗발쳤지만 아무도 받지 않았다. 몇몇 용감한 학생들이 교문 근처에서 찍은 사진과 동영상을 반 단톡방에 뿌렸다. 동영상으로 보니 괴물은 여전히 나타났다 사라졌다 했는데, 크기가 수시로 변했다.

경찰과 과학 수사대에서도 조사를 나왔다. 괴물에게 다가간 몇 사람이 갈기갈기 찢겨 죽거나 말 그대로 홀연히 사라지자 그들은 거리를 유지하면서 근처에 초소를 세워 놓고 괴물의 행동 패턴을 관찰했다. 대책을 세우기 위해서였다. 괴물이 어디서, 왜 왔는지는 아무도 몰랐다.

한편 학교에 가지 못하게 된 미지는 책을 들고 거리를 배회했다. 부모님은 일터에 갔다. 학교로부터 긴급 연락을 받았을 텐데 미지에게 별다른 말이 없었다. 주말에나 얼굴을 볼 터였다. 미지의 가족들은 서로에게 존재감이 희박했다.

아침으로 시리얼에 우유를 타 먹고 빈둥거리던 미지는 공터에서 있던 알록달록한 건물을 떠올렸다.

'그건 대체 뭐였을까?'

《데미안》을 펼쳤는데도 집중이 되지 않았다. 결국 책을 덮고 표지를 보았다. 표지에는 금발인 싱클레어 뒤에 서서 눈 근처에서 두 손을 벌리고 있는 검은 머리의 미소년이 그려져 있었다. 길쭉한 눈매와 날카로운 턱, 호리호리하지만 왠지 강인하게 느껴지는 소년.

이 소년은… 이현재랑 꼭 닮았다. 미지는 일러스트를 뚫어져라 보다가 겨드랑이에 책을 끼고 밖으로 나왔다.

자동차 정비소가 있는 거리를 걷다가 돌연 오른쪽으로 발길을 돌려 완만한 오르막을 올라가면 나오는, 인적은 드물지만 길고양이는 많은 골목. 공터가 있는 골목에 들어선 미지는 깜짝 놀랐다.

빛나는 건물은 그대로 있었고, 건물 앞에 여자애가 쪼그리고 앉아 길고양이에게 우유를 주고 있었다. 새하얀 피부하며 색이 옅은 머리카락하며 무지개 색으로 반짝거리는 원피스에 장화까지, 별난 차림과 외모였다. 여자애는 얼룩덜룩한 고양이를 흐뭇하게 쳐다보며 중얼거리고 있었다.

"내가 해냈어, 해냈다고."

인적을 느낀 얼룩이가 하얀 플라스틱 접시에서 고개를 들었다. 고양이는 "캬오!" 하고 울더니 어디론가 후다닥 가 버렸다. 여자애도 미지를 보았다. 여자애는 눈꺼풀을 빠르게 파닥이더니 자리에서 벌떡 일어나 두 손을 볼에 대고 "꺄아아아악!" 하고 비명을 질렀다. 아이돌 공연장에서 환호하는 팬처럼.

미지는 당황해서 끼고 있던 책을 떨어뜨린 줄도 몰랐다. 여자애가 다가오자 보라색과 은색이 섞인 눈동자가 반짝반짝 빛나는 것이 보였다. 미지는 뒤로 주춤 물러났지만, 여자애는 한껏 웃으며 손을 내밀었다.

"이미지 소설… 읍… 아니, 미지 씨!"

"어? 내 이름을 어떻게?"

"그거야 당연히 제가 작가님… 읍…."

이 여자애는 왜 자꾸 '읍, 읍' 하면서 말을 하다 마는 거야? 의심스러운 눈초리로 보자 모든 게 수상쩍었다. 작고 오목조목한 이목구비에 길고 날씬한 팔다리. 비현실적으로 예뻤다. 어제 본 이현재도 그렇더니 이 외진 골목이 순식간에 관광 명소라도 된 건가? 여자애는 과장되게 두 손을 모으더니 말했다.

"아무튼 너무너무 반가워요, 미지 씨."

"아, 네에."

이렇게 격하게 반가워하는 인사를 태어나서 한 번이라도 받아본 적이 있었던가. 미지가 겸연쩍어하는데 여자애가 말했다.

"저는 정예은이라고 해요."

"아, 네. 예은… 씨."

'씨'라니, 어쩐지 어른들의 인사 같았지만 아무래도 언니처럼 보이는 여자애에게 어울리는 호칭이었다. 예은 역시 자신을 그런 호칭으로 불렀고. 미지의 말을 듣자마자 예은은 또다시 "꺄악!" 하고 방방 뛰며 허공에다 대고 외쳤다.

"내 이름을 불러 줬어! 예은 씨라고 이름을 불러 줬다고!"

도대체 누구에게 말하는지 알 수 없었다. '종잡을 수 없는 인간이다.'라는 표정으로 쳐다보고 있자니 예은이 바닥에 떨어져 있던 책을 주워들고는 말했다.

"《데미안》이네. 역시 좋아하시는 헤세 책."

"네?"

자신이 헤르만 헤세를 좋아하는 건 어떻게 알았는지 궁금했다. 아, 물론 전 세계인이 다 아는 헤세지만 이곳에서 예은에게 그런 말을 들으니 묘했다. 예은은 보라색 눈동자를 반짝이며 웃더니 미지에게 책을 내밀었다.

미지는 그것을 받아들고는 예은의 뒤에 있는 건물을 보았다. 어쩐지 이 건물과 예은이 몹시 잘 어울린다는 생각이 들었다. 우선 정체불명인 데다가 알록달록 빛나고 이 세상 것이 아닌 것 같은 존재감 역시 똑 닮았다. 결국 이게 뭔지 궁금해서 오늘도 찾아온 것 아닌가. 미지가 중얼거렸다.

"여기 대체 뭐지…?"

"아, 책방요?"

예은의 말에 미지는 깜짝 놀라 물었다.

"여길 아세요?"

"그럼요. 저랑 같이 왔는걸요."

미지는 투명 뿔테를 치켜올리며 물었다.

"여기서 살아요?"

"산다기보다 같이 이동하죠."

무슨 말인지 점점 알 수 없었다. 예은이 하늘을 보더니 말했다.

"역시 21세기의 하늘은 참 맑네요! 태양전지가 빛을 많이 받겠어요!"

'이 알록달록한 패널이 태양전지인 건가?'

미지가 고개를 갸웃하며 물었다.

"태양전지는 검은색 아니에요?"

예은이 고개를 저었다.

"반타블랙VANTA Black이나 검죠. 이건 무독성 컬러 CIGS 박막 태양전지잖아요. 자유자재로 휘어지고 구부러지니까 차원을 이동하는 책방에 딱이죠."

미지는 입을 딱 벌렸다. 컬러 태양전지? 차원 이동? 어디서부터 물어야 할지 감이 오지 않았다. 예은이 빙긋 웃더니 책방을 가리키며 말했다.

"들어가 볼래요?"

미지는 침을 꿀꺽 삼킨 다음, 고개를 끄덕였다. 예은이 패널 옆에 있는 버튼을 누르자 문이 스르륵 열렸다. 예은이 말했다.

"자, 들어오세요."

° ° ° ° °

기묘한 공간이었다. 겉으로 봤을 때 작은 방이겠지 했는데 들어서자 예상보다 넓었다. 걸음을 옮길 때마다 방이 조금씩 밝아졌다. 하얀 바닥에 하얀 벽. 그뿐이었다. 미지가 물었다.

"진짜 책방 맞아요?"

예은이 말했다.

"음, 여기는 복합 공간이랍니다. 독서실에서 책을 읽고 식당에서 식사도 하고 응접실에서 쉬다가 작업실에서 글을 쓸 수도 있죠. 책을 모아 둔 서가도 있어요. 작가 한 사람을 위한 공간으로 꾸며진 책방이에요."

미지는 사방을 둘러보았다.

"그게 다 어디 있는데요?"

예은이 벽에 설치된 터치패드에 손을 올려놓았다. 그러자 천장이 회전하며 열리더니 봉과 함께 나선형의 계단이 내려왔다. 봉과 계단은 은색 금속으로 되어 있었다.

'올라가다가 휘어지지는 않겠지?'

미지는 작고 마른 체형이었지만 금속도 얇아 보였다.

"튼튼해요. 뛰어올라가도 될 만큼."

예은은 시범이라도 보이듯 계단을 먼저 올라갔다. 장화에서 소리조차 나지 않았다. 안심해도 될 것 같았다. 미지는 주저하면서도 따라 올라갔다. 계단을 다 올라간 다음에는 입을 떡 벌렸다.

단층으로 보였던 건물에 복층이 있다는 것만으로도 신기했는데 위층에는 공간이 여러 개 있었다. 앞을 봐도, 양옆을 봐도, 뒤를 봐도 각기 다른 방이 보였다.

'이런 구조가 가능한 건가?'

팔을 세게 꼬집어 보니 아팠다. 미지는 현기증을 느꼈다. 예은 이 눈을 깜빡이며 말했다.

"괜찮아요?"

"아뇨, 난, 난…."

미지는 어지러움을 참으면서 눈앞의 방을 둘러보았다. 소파와 테이블에 놓인 초록색 스탠드가 보였다. 노란 백열등 불빛이 은은 하게 방 안을 채우고 있었다.

'저기서 책을 읽으면 딱 좋겠네. 커다란 자주색 벨벳 소파에 푹 파묻혀 책을 읽으면 얼마나 행복할까.'

옆에서 예은이 물었다.

"독서실이 어떠세요? 맘에 들어요? 에세이에 쓰신 대로 꾸며 봤는데요."

미지가 물었다.

"누가 쓴 에세이라고요?"

자신이 상상하던 공간을 쓴 책이 있다면 구해서 읽어 볼 참이 었다. 예은은 빙긋 웃기만 할 뿐 작가의 이름을 알려 주지 않았다.

미지는 사방을 둘러보았다. 자신을 중심으로 북쪽에는 독서실, 남쪽에는 응접실이 있었다. 동쪽에는 식당이 있었다.

서쪽에는 책장들이 보였다. 정육면체의 큐브 책장이었다. 예은 이 서가가 있다고 한 것이 떠올랐다. 저기가 서가인 모양이다. 그런 데 책이 저렇게 적어도 되나? 묘한 곳이었다.

미지가 식당으로 가려 하자 예은이 외쳤다.

"아, 그리로 가면 안 돼요!"

이미 문을 연 다음이었다. 미지가 발을 디딘 순간, 눈 한 번 깜빡하고 앞을 보자 책장들이 보였다. 책장들? 분명 식당 문을 열었는데 왜 여기로 왔지? 미지는 투명한 큐브 모양의 책장들을 보았다. 양 팔을 벌리면 안을 수 있는 크기였다.

각각 독립적인 책장은 세 개씩 삼단으로 쌓여 있었다. 그런 책장이 삼면에 꽉 차 있으니 다 합치자면 스물일곱 개. 가까이서 보니 안에 또 하나의 투명한 정육면체가 있고, 그 안에 책이 들어 있었다. 책은 빙글빙글 돌거나 위로 떠올랐다가 내려오는 등 다양한 움직임을 보였다.

책장마다 책은 단 한 권씩이었다. 진열 방식 덕분에 그 책들은 대단히 신비하고 중요해 보였지만, 희한한 건 책들이 각각 크기와 두께만 다를 뿐 하나같이 흰 표지였고 아무것도 씌어 있지 않다는 것이었다.

'뭐 이런 책들이 다 있어? 〈벌거숭이 임금님〉 같은 건가? 비밀 잉크라거나?'

수수께끼를 푸는 기분으로 가까운 책장의 책을 꺼내 보려고 했지만 어떻게 손을 넣어야 되는지 알 수 없었다. 안으로 통하는 곳이 없었다. 한참을 지켜보던 미지는 뒤표지에도 아무 글자가 없는 것을 확인했다. 팔랑팔랑 책장이 넘어가는 책도 있었는데, 역시나 백지였다.

그때 비명 소리가 났다. 미지는 그 공간에서 나왔다. 눈 한 번 깜빡했을 뿐인데 다시 1층이었다. 옆에는 예은이 누워 있었다.

○○○○○

"여기 도대체 왜 이래요?"

미지가 묻자 바닥에서 몸을 일으킨 예은이 중얼거렸다.

"그러게요. 이런 건물로 수십 번이나 이동했는데도 가끔 실수를 한답니다."

"네? 이동했다고요?"

"미지 씨가 이해하기 쉽게 말하자면 '타임 슬립'이겠네요. 전 슬리퍼예요."

가만히 듣고 있던 미지가 입을 딱 벌리더니 외쳤다.

"타임 슬립이라면, 시간 여행?"

"맞아요. 마크 트웨인의 소설 《아서 왕 궁전의 코네티컷 양키》에 처음으로 등장했지만 훨씬 앞선 시간까지 돌아다니곤 하죠. 슬리퍼들이요."

지금 눈앞에 서 있는 이 여자애가 시간 여행자라고? 이 건물과 함께 타임 슬립을 했다고? 말 그대로 이해하자면 그런 거네. 미지가 뭐라고 대꾸해야 할지 몰라 멍하게 서 있자 예은이 어깨를 으쓱하며 말했다.

"그나저나 그 책 읽어 봤어요? 말도 안 되는 게, 주인공이 술집에서 만취한 채로 머리를 세게 얻어맞아 과거로 타임 슬립을 하잖아요. 평소에 아무 능력도 없던 사람이 겨우 그런 설정으로 타임 슬립을 하는 게 말이 돼요?"

"말이 안 되는 건 지금 이 책방이나 당신도 마찬가지야."

미지가 중얼거렸다. 예은이 반문했다.

"네? 뭐라고요?"

미지가 물었다.

"무슨 능력이 있어야 되는데요, 타임 슬립을 하려면?"

"슬리퍼라면 당연히 염력이 있어야죠. 이 덩치랑 시공간 이동을 하려면요."

그러니까 이제 초능력의 세계에까지 들어와 버린 것이었다. 미지는 심호흡을 했다. 내친김에 끝까지 물어보자. 학교에서 질문충으로 소문난 미지였다. 성적도 엉망이고 집중도 잘 못하는 주제에 수업 시간마다 늘 엉뚱한 질문을 하는 걸로 유명했다. 질문에 대답하다 지쳐 버린 선생님이 차라리 다른 학교로 전학 가라고 고함을 지를 정도였다. 똥 선생님이었던가?

뜬금없이 그런 생각을 하면서 미지가 물었다.

"이 책방은 뭔데요?"

"테서렉트죠."

"테서… 뭐요?"

"테서렉트. 사차원 초입방체요."

"아!"

그거라면 들어 본 바가 있었다. 미지를 싫어하는 미술 선생님에게서였다. 수업 첫날 입체를 똥 그림으로 설명해서 미술 선생님은 일명 '똥'으로 불렸는데, 하루는 초현실주의 사조에 대해서 이야기해 주었다. 예로 든 것이 달리의 그림이었는데 그림 속 십자가의 형태가 몹시 특이했다. 신기했던 미지는 당연히 질문을 했었다.

"그 십자가는 왜 그렇게 생겼나요?"

6교시, 대부분의 아이들이 졸고 있던 터라 똥은 약간 놀라더니 대답해 주었다.

"테서렉트Tesseract, 즉 사차원 초입방체의 전개도란다."

미지는 안경 속 두 눈을 깜빡거리다가 질문을 쏟아 냈다.

"사차원요? 사차원이 뭔데요? 이해할 수 없는 정신세계를 말하는 건 아니죠? 초입방체는 또 뭐죠? 그걸 전개한다고요? 전개라면 쫙 펼치는 건가요? 왜 전개하는데요? 달리는 왜 십자가를 그렇게 그린 건가요?"

따발총 같은 질문에 몇몇 아이들이 눈을 비비거나 기지개를 켜며 잠에서 깨어났다. 똥은 작게 한숨을 쉬고는 대꾸했다.

"그래, 또 너구나. 궁금한 건 끝까지 물고 늘어지는…. 흠, 아무튼 하나하나 알려 줄게. 사차원, 즉 점과 선, 면 다음 차원이 시간이라는 건 알고 있니? 초입방체라는 건 정육면체를 다른 차원으로 확장한 거란다. 즉, 사차원이지. 삼차원에 시간이 더해진 사차원에서는 시간을 흐르게 할 수 있어."

똥은 잠시 쉬었다가 미지가 손을 들기 전에 얼른 말을 이었다.

"달리의 십자가가 초입방체의 전개도라고 했지? 이 전개도는 삼차원에서 테서렉트를 이해하기 위해 펼친 거야. 정육면체를 여덟 개 이어 붙인 것에 불과하지만, 여기에 차원을 더하면 일곱 개의 정육면체가 안으로 들어가 접혀서 한 개의 정육면체가 될 수 있단다. 거기서는 사차원을 경험할 수 있게 되지. 달리가 십자가를 이렇게 그린 이유는, 현실과 다른 차원, 즉 영적인 세계를 표현하기 위한 게 아니었을까 싶어."

똥 선생님의 말이 길어지자 누군가 외쳤다.

"와우! 테서렉트라면 마블 유니버스에 나오는 거 아니에요? 타노스가 그래서 막 도망 다닐 수 있는 거죠?"

〈어벤저스〉 영화 이야기가 나오자 반쯤 잠들어 있던 아이들은 정신이 번쩍 들었는지 눈을 반짝거리며 수다를 떨기 시작했다.

"거기서만 나와? 〈닥터 스트레인지〉에서도 나오잖아? 도르마무가 지배하는 우주!"

"막 도로가 휘어지고 공간이 이어지고."

"진짜 신기했는데!"

테서렉트는 의외로 낯선 개념이 아니었다. 똥 선생님과 아이들의 말을 종합해 보면, 미지의 눈앞에 있는 책방은 사차원에 지은 건물인데 펼쳤다가 접혔다가 할 수 있으며 시간이 흐르는 건물이었다.

'이 건물이 그렇다고?'

그러자 책방을 처음 봤을 때 단층의 작은 건물처럼 보였던 것이며, 식당으로 가려다가 서가로 들어간 일, 서가에서 나오려다 다시 1층으로 돌아와 버린 일이 이해가 되었다. 아직 완벽하게 이해하진 못했지만. 미지가 예은에게 말했다.

"이제 복합 공간이라는 건 알겠는데, 책장은 왜 그 모양이에요? 작가 한 사람을 위한 공간이라고 했는데 도대체 누구 책인데요? 2층에 있는 책은 제목도 내용도 없던데…. 또 시간 여행을 했다면 과거에서 온 건가요, 미래에서 온 건가요? 여기까지 왜 온 건가요? 염력으로 건물과 시공간 이동을 하려면 얼마나 초능력이 센 건가요? 슬리퍼들은 모두 초능력자인가요?"

질문을 쏟아 내고 나서야 미지는 예은의 눈치를 보았다. 예은이 빙긋 웃더니 말했다.

"궁금해요? 그럼 따라와요. 알려 줄게요."

예은이 센서를 누르자 아까처럼 천장이 열리고 은색 나선 계단이 내려왔다.

○ ○ ○ ○ ○

두 사람은 다시 2층으로 올라왔다. 독서실, 식당, 휴게실, 그리고 의문의 책장들. 미지가 투명 큐브 책장으로 가득한 공간을 가리키며 말했다.

"저기가 서가 맞나요?"

"그렇죠."

"어떤 작가의 작품이 있는 서가인데요?"

예은은 가만히 미지를 보다가 책장들을 가리켰다.

"이미지 작가 전문 서가예요. 이미지 소설가의 책들만 진열해 놓은 서가. 초기작은 절판본이 꽤 있어서 희소가치가 높죠."

미지가 말했다.

"이미지… 혹시 제 이름인가요?"

예은이 고개를 끄덕였다.

"미지 씨는 나중에 위대한 소설가가 될 거예요."

심장이 쿵 내려앉는 것 같았다. 미지는 더듬거리며 말했다.

"그, 그런데 왜 저런 큐브 안에 들어 있죠?"

예은이 말했다.

"우리가 이야기했던 테서렉트잖아요. 접혀 있는 형태인 거죠."

책들이 각각 독립된 테서렉트 속에 있다는 건가? 미지는 잠시 멍한 표정으로 있다가 중얼거렸다.

"하지만 저 책들에는… 아무것도 씌어 있지 않았는데요. 제목 조차도 없잖아요."

예은은 어깨를 으쓱했다.

"그거야 당연하죠. 아직 아무것도 안 썼으니까. 쓴 거 있어요?"

미지는 고개를 저었다. 책벌레지만 글을 써 보겠다거나 창작을 해 보겠다는 생각은 꿈에도 안 해 봤다. 백일장조차 나가 본 적이 없었다. 재능 있는 예술가는 어려서부터 싹수가 있지 않나? 하지만 자신은 그저 질문충일 뿐이다. 학교에서도 선생님들에게는 귀찮기 짝이 없는 존재이고, 애들에게는 따돌리는 재미조차 없을 정도로 존재감이 희미한 열네 살짜리 여자애일 뿐.

"미쳤어요?"

예은이 빙긋 웃었다.

"미쳤다고 23세기에서 여기까지 왔냐고요? 노동과 효율을 최고로 중시하는 21세기식 관점에서 보면 그럴 수도 있겠네요. 저는 재미로 관광 왔어요. 이미지 작가님 열성 팬이니까."

"재미로, 관광이라고요?"

미지가 물었다.

"23세기에는 그렇게들 사나요?"

예은은 어깨를 으쓱했다.

"초지능이 발명된 이후로 사람들은 노동을 할 필요가 없어졌어요. 지구 온난화와 자원 고갈로 태양이 유일한 에너지 자원이 된 데다 세계적인 사막화로 야외 활동이 힘드니 실내에서 초능력을 키우거나 독특한 체험을 하는 데 관심이 많아요. 타임 슬립도 그중 하나고요."

미지가 말했다.

"시간을 마구 넘나들어도 되는 건가요? 미래나 과거가 바뀌면 곤란한 점은 없나요?"

예은이 말했다.

"시간은 하나가 아니에요. 그보다는 강물처럼 흐른다고 할 수 있죠. 슬리퍼들은 흐름을 탈 뿐이에요."

예은은 책방 쪽을 보며 말했다.

"지금 학교 운동장에 거대한 구가 나타났죠? 정진호가 괴물이라고 부른."

미지는 안경 속 동그란 눈을 빠르게 깜빡였다.

"네, 그거야 어제 나타났으니까 아직도… 그런데 어떻게 알았어요?"

예은은 시선을 피했다. 미지가 계속 쳐다보자 마침내 예은이 입을 열었다.

"저 때문이에요."

"네. 네에? 어떻게요?"

미지가 깜짝 놀라며 물었다.

"이미지 작가님의 초기작인 《살인의 구》를 읽을 때마다 운동장에 나타난 구가 어디서 온 건지 궁금했거든요? 그런데 제가 데리고 온 거더라고요."

예은이 말했다.

"데리고 왔다고요?"

미지의 말에 예은이 인상을 찌푸렸다.

"마스터 과정까지 마치긴 했지만 타임 슬립 중에 모든 요소를 완벽하게 통제하는 수준까지는 오르지 못했어요. 그랜드 마스터나 되어야 가능하겠죠. 차원을 이동할 때 아주 가끔이지만 의도치 않은 것들도 딸려 올 때가 있어요. 책방에 들러붙거나 하는 식으로요. 그것 역시 원해서 딸려 온 건 아니라서 공황 상태에 빠졌다고 보면 돼요. 그래서 난동을 부리는 거죠."

미지는 '아!' 하고 잠시 입을 벌렸다. 그러니까 예은이 타임 슬립을 하면서 괴물까지 데리고 왔다고? 잠깐, 그건 그렇다 치고, 뭐? 내가 쓴 작품이라고? 미지가 다시 물었다.

"초기작요. 제가 쓴 게 확실해요?"

예은은 고개를 끄덕였다.

"사차원에서 온 괴물을 이현재가 잡는 이야기잖아요. 지금쯤 저 하얀 종이에 글자가 적히고 있을 거예요. 구가 나타난 순간부터 이야기는 시작되었으니까. 보자, 그 책은 서쪽 벽 맨 밑줄, 오른쪽에서 첫 번째 책장에 있을걸요."

"하지만 저 책장 안의 책은 도저히 꺼낼 수가…."

미지의 말에 예은이 손을 내밀더니 가만히 눈을 감았다. 눈을 한 번 깜빡하자 비어 있던 예은의 손에 책이 한 권 들려 있었다.

'도대체 어떻게 한 거지? 이게 바로 말로만 듣던 염력인가?'

미지는 반사적으로 서쪽 벽 맨 밑줄, 오른쪽에서 첫 번째 책장 안 큐브를 보았다. 책은 사라지고 없었다.

그때 예은의 손에 들린 책은 흰 표지가 검은색으로 서서히 물들기 시작하더니 은색의 구가 나타났다. 무지개 색인 책의 제목도 생겼다. 《살인의 구》. 작가 이름까지 나타났다. 이미지 장편소설. 예은이 책을 내밀었다.

"읽어 볼래요?"

미지는 떨리는 손으로 책을 받았다. 책을 펼치자 글자들이 배열되고 있었다.

그 일은 아주 더운 여름날에 시작되었다.

책장을 몇 장 넘기자 다시 글자가 보였다.

소년의 이름은 이현재였다. 그리 크지 않았지만
투블록 상고머리에 얼굴은 작고 희었다.

미지는 놀라서 '악!' 소리와 함께 책을 떨어뜨렸다. 예은이 그것
을 잽싸게 받아서 소중하게 품에 안았다. 미지는 혼란스러웠다. 도
무지 이해가 되지 않았다.

아직 자신이 소설가가 된다는 사실도 완전히 받아들이지 못했
는데, 미래에는 완성되어 있는 책이 지금은 백지로 보인다거나 막
사건이 일어나기 시작한 순간 소설이 쓰여지고 있다는 것도 납득
하기 힘들었다. 그러니까 자신은 아직 단 한 줄도 쓰지 않았고 쓸
생각도 없는데 말이다.

물론 책을 좋아한다. 많이 읽기도 한다. 하지만 창작은 다른 문
제였다. 놀라운 미래고 꿈에 가까웠지만 이렇게 갑자기 나타난 예
은에 의해 거의 반강제로 미래를 알게 되어도 괜찮은 건가? 거부하
면 어떻게 되는 걸까? 시간은 하나가 아니라니까 작가가 아닌 미래
도 있겠지? 미간을 찌푸리며 서 있는 미지를 보고 예은이 물었다.

"많이 놀랐어요?"

미지는 고개를 끄덕였다.

"다시 가 볼래요?"

예은의 말에 미지는 또 고개를 끄덕였다.

"자, 손을 잡아요."

"어디로 가는데요?"

"저기요."

방금 전까지 《살인의 구》가 있었던 서가는 바로 눈앞, 고작 몇 발만 떼면 되는 곳이었다. 하지만 이 사차원 공간에서 제대로 간다는 법은 없었다. 손을 잡으며 미지가 물었다.

"비결이 뭐예요? 염력이요."

예은이 씩 웃었다.

"정신력에 따라 다르지만, 일단 목적지를 정확히 설정해요. 그다음으로 거기에 맞는 이동 방식을 정하면 되죠."

"이번에는?"

예은이 말했다.

"음, 책장에 꽂히는 두 권의 책과 같이."

○ ○ ○ ○ ○

눈을 한 번 깜빡 감았다 뜨자 도착한 곳은 이미지 전문 서가였다. 예은은 빈 곳에 《살인의 구》를 돌려놓았다. 미지는 책장들을 살펴보며 말했다.

"그러니까 이 빈 책들이 다 제가 쓸 책들이라고요?"

예은은 고개를 끄덕였다. 미지는 기쁘기도 하고 어리둥절하기도 해서 뭐라고 표현해야 할지 알 수 없는 감정에 휩싸였다. 일단은 자신의 쓸모를 발견한 것에 감사했지만 여전히 정말 자신이 이 일들을 해낼 수 있을지, 이렇게 책을 쓰고 싶은지 알 수가 없었다. 만성적으로 쓸모없다는 감정에 사로잡혀 있던 열네 살의 소녀에게는 벅찬 소식이었다.

이런 미래가 있다, 나에게는 이런 미래가 있다…. 일단 이만큼 책을 써낼 수 있다면 하지 않는 게 바보였다. 미지가 말했다.

"제가… 할 수 있을까요?"

예은이 빙긋 웃으며 대답했다.

"그럼요."

미지는 희미하게 웃었다.

"미지 작가님의 자서전을 읽어 보면 아인슈타인이 생각나요. 아인슈타인도 학창 시절 소문난 열등생이었대요. 수업 시간에 집중도 못 하고 걸핏하면 바보 같은 질문을 던져서 선생님들은 그를 학교에서 쫓아내고 싶다고 했대요. 그런데 지금 그 선생님들과 아인슈타인 중 누가 역사에 길이 남았죠? 그러니 이미지 작가님도 아무것도 걱정할 필요가 없어요."

딱 나네. 헝클어진 은발 머리를 하고 혀를 쏙 내민 천재 과학자가 친구처럼 가깝게 느껴졌다. 미지는 그제야 밝게 웃었다. 그러다 도로 인상을 찌푸리며 말했다.

"하지만 저는 아직 소설이 뭔지도 잘 모르는데요."

"어느 작가는 소설을 '사고 실험'이라고 했죠. 이런 일이 일어나면 어떨까? 이런 세계가 있다면 어떨까? 실험이란 게 뭐예요? 실패할 때도 있고 성공할 때도 있지만 그 과정이 중요한 거잖아요. 그렇지 않나요?"

예은은 두 눈을 반짝이며 미지의 두 손을 잡았다.

"그러니까 이왕 이렇게 된 거, 멋지게 한 편 완성해 봐요. 다른 차원에서 온 괴물이 나타나면 어떨까? 재미있는 생각 아니에요? 제가 도와줄게요."

미지는 여전히 두려운 표정을 지었지만 소설이 일종의 사고 실험이라는 말에 꽤 기운이 났다. 공상과 망상과 상상은 미지의 특기였다. 물론 사고라는 게 상상만이 전부는 아니겠지만. 미지가 머쓱하게 웃자, 예은이 말했다.

"자, 그럼 이제 운동장으로 가 볼까요?"

"예? 어떻게?"

꽹음과 함께 건물이 흔들렸다. 기지개를 켜기라도 하듯 심하게 흔들리는 바람에 미지는 정신을 차릴 수 없었다. 그래서 두 눈을 꼭 감고 몸을 웅크렸다.

잠시 후 조용해져서 눈을 떴더니 사방에 창문이 있는 공간이었다. 네 개의 창문으로 각기 다른 곳이 보였다.

미지는 북쪽 창문으로 다가갔다. 저 번쩍이는 건물은 제2 롯데월드 타워가 맞나? 123층이라고 들었는데 마치 그 건물만큼이나 높은 곳에서 롯데월드 타워를 바라보고 있는 느낌이었다. 내려다

보니 까마득한 허공이었다. 미지는 얼른 창문에서 떨어졌다.

남쪽에는 거대한 구름이 떠 있었다. 청명한 하늘과 풀로 뒤덮인 나지막한 언덕에서 한가로이 식사를 하는 양 떼들. 어디일까?

궁금해하면서 서쪽을 본 미지는 눈을 크게 떴다. 새하얀 눈이 내린 산봉우리 사이로 거울처럼 빛나는 거대한 호수가 보였다. 백두산 천지인가? 미지는 호수를 보며 몸을 떨었다. 물이 아주 맑고 차가워 보였다.

마지막으로 눈에 들어온 동쪽 창문에는 거대한 구형 괴물이 떠 있었다. 괴물은 실시간으로 모양을 바꾸고 있었다. 괴물 근처에 교복을 입고 서 있는 소년의 뒷모습은 어쩐지 낯이 익었다. 작은 머리에 호리호리한 몸. 벽 너머로 사라져 버렸던 그 소년.

'이현재?'

미지는 창문을 열었다. 창문이 바깥쪽으로 열리면서 방 안 공기가 폭발하듯 예은과 미지를 밀어냈다.

○ ○ ○ ○ ○

"퉤퉤! 아, 뭐야!"

모래였다. 입안이 모래로 가득했다. 운동장에 떨어진 미지의 얼굴이 모래에 쓸려 따가웠다. 모래가 입과 코 속으로 잔뜩 들어왔다. 뿔테 안경도 한쪽이 깨진 것 같았다.

자리에서 일어난 미지는 주변을 둘러보았다. 이곳은 지겨울 정

도로 익숙한, 자신이 다니는 중학교 운동장 가장자리였다. 예은이
감탄하며 외쳤다.

"아! 운동장이다! 제대로 왔네!"

눈앞에는 거대한 구형 괴물과 그 앞에 서 있는 한 소년, 소년을
둘러싼 경찰들이 보였다. '과학 수사대'라고 적힌 남색 조끼를 입
은 남자들이 소년에게 말하고 있었다.

"학생, 여기서 이러고 있으면 안 돼! 위험하다고!"

소년이 뭐라고 대꾸했지만 미지에게는 들리지 않았다. 뒤돌아
보자 한쪽 창문이 열려 있는 책방이 보였다.

책방은 처음 보았을 때처럼 정육면체로 접힌 형태가 아니라 모
든 공간이 완전히 펼쳐진 형태였다. 달리의 십자가 같았다. 다른 점
이라면 십자가가 반대로 서 있다는 점이겠지만.

학교에서 적어도 20분은 걸어가야 하는 공터에 있던 책방이 이
곳에 있는 게 말이 안 된다고 생각했지만, 예은의 말대로 시간이
흐르고 그 흐름을 탈 수 있다면 무리도 아니었다.

'이런 생각들을 하다니 내가 미친 건가?'

이왕 미친 김에 더 나아가 보자면 지금 이 상황은 미지가 쓴 소
설《살인의 구》속 이야기라고 했다. 저 앞의 소년, 아마도 이현재
일 소년은 미지가 만들어 낸 등장인물이겠지. 주인공인가? 그렇게
보면《데미안》표지의 일러스트를 꼭 닮은 것도 무리는 아니다.

문득 어제, 이현재를 처음 만났을 때 "살살해."라고 하던 말과
손을 쥐었을 때 마치 책장을 넘기는 것 같은 감촉이 들었던 것 역

시 하나씩 이해되었다.

《살인의 구》는 아직 쓰지 않았다. 그렇지만 만약 쓴다면 어떤 이야기일까? 미지와 예은은 조심스레 커다란 나무 뒤에 숨었다. 예은이 킥킥거렸다.

"이현재네. 작가님 취향은 소나무야."

미지는 얼굴을 붉혔다.

"아, 아니에요. 그런 거."

예은이 미지의 어깨를 툭 치며 말했다.

"꽤 잘생기지 않았어요? 소설은 주인공이 잘생겨야 몰입도 잘되지 않나요?"

"그렇긴 하지만…."

미지는 괜히 머쓱해져서 나타났다 사라졌다 하는 괴물을 가리키며 물었다.

"다른 차원에서 온 괴물이라서 저렇게 보이는 건가요? 마치 공 같은가 하면 모양이 수시로 바뀌기도 하고."

예은이 고개를 끄덕였다.

"그렇죠. 지금 이 삼차원에서는 네 번째 차원인 시간을 자유자재로 돌아다닐 수 있는 저 괴물이 꼭 회전하는 것처럼 보이죠. 마음대로 나타났다 사라졌다 모양도 바꿀 수 있는 거고."

회전하고 있는 모양새라면 원래의 모습이 있을 것이다. 미지는 한참을 집중해서 쳐다보았다. 더운 여름이라 온몸에서 땀이 흘러내렸지만 개의치 않고 관찰했다. 괴물은 계속 사라졌다 나타났다

했다. 경찰들은 멀리서 바라보고만 있었다.

경찰의 만류로 물러난 이현재가 미지와 예은 쪽으로 다가오더니 나무에 등을 기대고 앉았다. 두 눈을 감자 긴 속눈썹이 보였다. 미지가 말했다.

"뭐 해?"

"기다려. 네가 해결하길."

"내가?"

현재가 말했다.

"난 너만 믿으니까."

미지는 뭐라 대꾸할 말을 찾지 못했지만 마음만은 뿌듯했다. 얼마 지나지 않아 얕게 코 고는 소리가 들렸다. 예은은 절레절레 고개를 저었지만 이내 미지와 함께 괴물을 쳐다보았다. 얼마나 시간이 흘렀을까, 경찰들 중 누군가가 외치는 소리가 들려왔다.

"어! 금방 팔 같지 않았나? 저 둥근 부분?"

"팔이라고?"

"가만히 보면 팔다리와 머리도 있는 것 같은데!"

미지와 예은 역시 괴물의 팔다리를 찾아보는데, 경찰들이 일제히 외치는 소리가 들렸다.

"이쪽으로 온다!"

이어지는 동시다발적 비명과 함께 뭔가가 허공에서 찢기고 떨어지며 액체가 튀는 소리가 들렸다. 현재는 잠에서 깨어났고, 미지는 정신이 번쩍 들었다. 예은이 외쳤다.

"어떻게 좀 해 봐요!"

어떻게? 줄로 꽁꽁 묶어도 회전해서 빠져나가 버릴 거고, 그물로 잡으려고 해도 사라져 버릴 것이다. 계속해서 움직이는 괴물을 멈추는 방법은⋯ 문득 괴물이 처음으로 운동장에 나타났을 때 아이들이 한 말이 떠올랐다. 팽이처럼 빙글빙글 돈다던. 팽이를 멈추려면 위에서 가운데를 누르면 된다.

머릿속에 반짝 전구가 켜진 것 같았다. 괴물에게도 중심이 있을 것이다. 그 중심을 누르면, 위에서 뚫어 버리면 움직일 수 없을 것이다. 살을 뚫을 수 있는 날카롭고 거대한 창이 있다면, 그 거대한 창으로 찌를 수 있다면⋯. 힘껏 상상한 미지는 천천히 눈을 떴다.

현재의 손에는 어느새 내린 노을을 받아 번쩍거리는 길고 날카로운 금속 창이 들려 있었다. 현재가 미지를 보며 씩 웃었다.

"제법인데? 고마워!"

그걸로 어떻게 해야 하는지 설명할 필요도 없었다. 현재는 미지를 통해 이미 알고 있었다.

현재는 그대로 믿을 수 없을 정도로 빠른 속도로 달려가더니 경찰들을 갈가리 찢으며 날뛰는 구를 향해 창을 날렸다. 창은 은빛 호를 그리며 구의 한가운데에 꽂혔다. 미지와 예은은 환호성을 질렀고, 현재 역시 두 팔을 높이 들었다가 획 돌아보았다.

"이제 어떻게 해?"

"거기까진 생각 못 했는데⋯."

미지의 말에 예은이 자기의 생각을 말했다.

"도망치지 못하게 저 창을 어딘가 고정해야 할 거 같은데요."

고정시키려면 뭐가 필요하지? 미지는 힘껏 상상한 다음 크게 외쳤다.

"손을 봐!"

어느새 현재의 손에는 두꺼운 밧줄 꾸러미가 들려 있었다.

"창의 양쪽 끝을 운동장에 있는 가장 튼튼한 곳에다 묶어 봐!"

현재는 "오케이!" 하더니 날렵한 동작으로 창의 양 끝에 밧줄을 매어 운동장에 있는 가장 큰 벚꽃나무와 세종 대왕 동상에다 묶었다. 괴물은 몸부림을 쳤지만 달아나지 못했다.

사이렌 소리가 아득하게 들려왔다. 미지와 현재는 서로를 보았다. 다가온 현재의 얼굴과 팔에는 자신의 것이 아닌 피가 잔뜩 튀어 있었다. 현재가 말했다.

"그럭저럭 살살했네. 끝내 줘서 고맙다."

현재가 내민 손을 잡자 매끈한 종이의 감촉이 느껴졌다.

"다음에 또 불러 줘. 언제든 올 테니까."

현재는 싱긋 웃었다.

'잠깐, 이 아이는 책 속 인물인데 어떻게 나도, 예은 씨도 예전부터 알던 사람처럼 자연스럽게 말하는 거지?'

미지가 질문을 던지기도 전에 현재가 말했다.

"네가 글을 쓰는 순간 나는 살아서 움직이게 되는 거야. 책 속 인물도 자기를 읽는 사람을 봐. 세기를 넘어 팬질하러 온 정예은도 수십 번 봤지."

뭐라고? 미지가 놀라 멍하게 쳐다보는 동안 현재는 학교 펜스를 향해 똑바로 걸어갔다. 그러더니 펜스에 스며들듯 사라졌다. 미지가 고개를 돌려 예은을 보며 말했다.

"방금 봤어요?"

조금 전까지 예은이 있던 자리는 텅 비어 있었다. 운동장 한켠에 서 있던 책방도 사라지고 없었다. 미지는 주변을 둘러보았다. 경찰들이 거대한 컨테이너에 괴물을 집어넣었다. 저건 이제 어디로 가는 걸까? 알 수 없었다.

○○○○○

미지는 운동장에서 나와 터벅터벅 걸었다. 한참 걷다 보니 자동차 정비소가 있는 골목이었다. 그 골목에서 왼쪽으로 꺾어서 올라가면 낮은 건물들이 늘어선 외진 골목, 그리고 공터였다.

책방이 언제 나타났었나 싶게 그 공간은 텅 비어 있었다. 남은 것은 바닥에 우유가 조금 고여 있는 햇반 그릇과 갈색 식빵 고양이뿐. 미지는 공터에 떨어져 있는 책을 보았다. 가까이 가서 보지 않아도 무슨 책인지 알 수 있었다.

미지는 책을 줍고 그곳에 앉아 열네 살 여름에 나타난 책방과 예은, 현재에 대해 생각했다. 문득 정신이 든 것은 아주 작은 소리 때문이었다. 깨어진 안경알처럼 '파삭' 하고 미지를 둘러싼 세계의 껍질 한쪽이 부서지는 소리가 귓가에 들렸다.

모노크롬 하트를
찾아서

이
진

- 잘 보고 갑니다!

　슬언은 엄지손가락으로 힘차게 '코멘트 등록하기' 버튼을 눌렀다. 지난 회 연재는 솔직히 작가에 대한 의리로 댓글을 달았지만 이번 회는 진짜로 재미있었다. 페이지 스크롤이 줄어들어 가는 게 아쉬울 만큼. 〈멸망세계 재건 일기〉는 요즘 슬언이 푹 빠진 판타지 웹소설이었다. 멸망한 지구에서 기적적으로 살아남은 주인공이 자신 안에 깃든 전능한 힘을 발견하고, 살아남은 인간 동료들을 모아 나가는 내용이다. 엇비슷한 설정의 웹소설은 수도 없이 많았지만 〈멸망세계 재건 일기〉는 특별했다.

　"1위다!"

　저녁밥을 먹다 말고 스마트폰을 보며 비명을 내지르는 슬언을 향해 엄마도 덩달아 목소리를 높였다.

　"뭐? 1등? 너 1등 했니?"

　"아니, 내가 아니라 내가 보는 웹소설이 1등 했어."

엄마는 김샌 표정으로 밥 먹으며 스마트폰 보지 말라고 잔소리를 했다. 그러거나 말거나 슬언은 상기된 얼굴로 스마트폰을 들여다보았다. 〈멸망세계 재건 일기〉가 처음으로 웹소설 연재 플랫폼에서 판타지 장르 분야별 주간 베스트 1위를 차지한 것이었다. 작가 '꽃개랑'은 독자들에게 감사의 인사말을 올렸고 독자들은 앞다투어 축하의 댓글과 후원 쿠폰을 보냈다. 슬언도 학원 가는 길에 큰맘 먹고 꽃개랑 작가에게 후원 쿠폰을 쏘았다. 꼭 자기가 1등을 한 것마냥 종일 어깨가 으쓱거렸다.

어느 날 아침, 잠에서 깨어난 나는
500년 전의 과거로 회귀했다.

슬언은 스마트폰의 메모장 앱에 딱 두 줄 써 놓고서 미간을 구겼다. 다음 문장이 죽어도 생각이 나지 않았다. 주인공은 어느 날 아침 500년 전의 먼 과거로 회귀했다. 그래서? 그다음에는 무슨 일이 일어나야 할까? 눈앞이 캄캄하고 새하얘진다.

〈멸망세계 재건 일기〉의 주인공은 첫 에피소드부터 다양한 사건들에 차례차례 휘말리며 소설을 손에서 놓을 수 없게 만들었는데, 슬언의 주인공은 겨우 두 줄 만에 자신이 뭘 해야 하는지도 모르는 신세가 되어 버렸다.

"이슬언! 집중 안 하니?"

학원 선생님이 타박을 주었다. 슬언은 후다닥 스마트폰을 껐다.

아직 누구에게도 말한 적 없는 슬언의 꿈은 웹소설 작가였다. 〈멸망세계 재건 일기〉처럼 끝내주게 재미있는 소설을 읽으면 한 번쯤 그런 소설을 써 보고 싶었다. 하지만 슬언은 여태껏 한 편의 소설도 완성해 본 적이 없었다. 꽃개랑 작가는 어떻게 400편이 넘는 장편 소설을 척척 써 낼 수 있을까? 그것도 매주 5일 꾸준하게 성실 연재를 하고 있으니 대단했다. 슬언은 주 5일 학교 가는 것만으로도 힘에 부쳤다.

길고 지루한 학원 수업이 끝났다. 상가 건물 밖으로 우르르 쏟아져 나온 아이들은 온갖 소리를 지르며 패스트푸드점과 편의점으로 빨려들어 갔다. 슬언은 아이들 무리를 잠깐 쳐다보다 주차장에 세워 둔 자전거에 몸을 실었다.

슬언과 엄마가 이곳 주단동 새날아파트로 이사를 온 지 반년째였다. 슬언은 난생처음 경험한 이사였다. 주단동은 슬언이 태어나고 자란 고인동에서 버스로 40분 넘게 떨어진 신도시였다. 두 동네의 분위기는 딴판이었다. 사람도 건물도 낡고 오래된 고인동과 달리 주단동은 무엇이든 새것이었다. 학교도 상가 건물도 반짝반짝한 새 건물이고 인도는 서너 명이 나란히 사회적 거리두기를 준수하며 걸어갈 수 있을 만큼 넓었다.

주단동에 와서 안면을 튼 반 친구들은 몇 명 있긴 했지만 학원까지 같이 다닐 만큼 친하게 지내는 단짝은 아직 없었다. 고인동의 단짝들과는 아침부터 저녁까지 똘똘 뭉쳐 다녔더랬다. 맞벌이하는 엄마들이 늦게 퇴근하는 날에는 다 같이 학교 앞 분식집으로 저녁을 사 먹으러 가고는 했다. 이곳 주단동 아이들하고는 그럴 일이 없었다. 엄마가 야근하는 날이면 슬언은 집에서 혼자 음식 배달을 시켜 먹었다.

주단동에 살아서 좋은 점이 하나도 없는 건 아니었다. 너른 평지 위에 바둑판처럼 질서정연하게 놓인 주단동의 도로 위에서는 눈을 감고도 자전거를 탈 수 있었다.

슬언은 한 손으로 능숙하게 자전거를 몰았다. 고인동에서 자전거를 타고 거미줄 같은 골목길을 휘젓는 아이들이나 자전거에 장바구니와 아이를 함께 싣고 달리는 엄마들은 모두 자전거 고수들이었다. 주단동 사람들은 고인동 사람들만큼 자전거를 즐겨 타지 않았다. 대부분 자동차를 타고 다녔고 아이들은 전동 킥보드를 탔다.

슬언이 고인동에 살 적에는 툭하면 "우리 동네 거지 같다."라며 친구들과 툴툴거리고는 했다. 주단동에 와서도 자꾸만 흠잡을 거리만 찾게 된다. 적어도 함께 동네 욕을 할 수 있는 친구가 한 명이라도 있다면 얼마나 좋을까.

그리 생각하자 슬언이 세상에서 제일 싫어하는 감정이 가슴속에서 꿈틀거리기 시작했다. 그 감정은 외로움이었다. 외로움이 싫은 이유는 죽을 만큼 자존심이 상하기 때문이었다. 그 망할 놈의 감정은 힘이 센 데다 약아빠져서 아주 짧은 찰나에 생겨난 마음속 작은 빈틈도 놓치지 않았다. 게다가 그놈은 우울함이라는 성가신 부하까지 데리고 다녔다.

외로움이 밀려들 때마다 슬언은 책을 읽었다. 책에 빠져 있는 동안에는 외로움도 우울함도 슬언의 마음을 쉽사리 침범하지 못했다.

특히 소설이 특효약이었다. 소설 주인공이 느끼는 다양한 감정을 고스란히 따라 느끼는 동안 슬언의 마음속 한켠에 뻥 뚫려 있는 구멍이 메워져 갔다.

고인동에 살던 때부터 책을 좋아하기는 했지만 이제 슬언은 그 어느 때보다도 절실하게 책에 빠져들었다. 웹소설만으로 성이 차지 않아 학교 도서관에서 책을 빌려 읽기 시작한 것도 이사 온 다음부터였다. 이 동네 학교 도서관은 고인동에서 다니던 학교 도서관보다 훨씬 크고 좋았다. 주단동에서 슬언의 마음에 드는 부분은 사실 그것 하나뿐인지도 몰랐다.

수업을 마치고 학교 도서관에서 새로 들어온 만화책을 빌려온 슬언은 침대에 몸을 던졌다. 순식간에 만화책 일곱 권을 다 읽고 웹소설 앱에 접속했다. 30분 뒤면 〈멸망세계 재건 일기〉의 마지막 화가 올라올 참이었다.

딱 30분이 지나자 마지막 화가 업데이트 되었다. 슬언은 숨도 쉬지 않고 대단원의 막을 읽어 내려갔다. 소설을 다 읽은 뒤에는 감동한 나머지 침대에서 벌떡 일어나 방 안을 서성거렸다. 마지막 화에는 불타나듯 독자들의 댓글이 달렸고, 이어서 작가의 완결 기념 후기도 올라왔다.

저를 작가의 길로 이끌어 주신 《모노크롬 하트》의
신선 작가님께 이 소설을 바칩니다.

〈멸망세계 재건 일기〉는 슬언이 읽은 소설 중 최고로 재미있는
소설이었다. 그런 대단한 소설을 쓴 사람을 작가의 길로 이끌어 주
었을 정도면 신선이라는 작가는 도대체 얼마나 위대한 작가라는
걸까?

때마침 댓글란에는 예전에 《모노크롬 하트》를 실시간으로 읽
었다는 독자가 나타났다. 글투에서부터 아저씨 냄새가 풀풀 나
는 그의 증언과 슬언이 인터넷 검색으로 알아낸 정보를 합쳐 보면
《모노크롬 하트》는 옛날 옛적, 그러니까 1999년에 출간된 고전 판
타지 소설이었다. 인터넷 판타지 소설 동호회 게시판에 연재되다
가 인기를 끌어 단행본으로도 만들어졌지만 딱 1권만 나오고 중
도 하차되었다고 한다.

슬언도 《모노크롬 하트》를 읽어 보고 싶었다. 그러나 손가락에
불이 나도록 인터넷을 검색해 보았지만 《모노크롬 하트》의 단행본
은 어떤 인터넷 서점에도 없었고, 주단동에서 제일 큰 구립 도서관
에도 없었다. 불법 텍스트 파일조차 없었다. 일부 판타지 소설 마
니아들이 블로그에 올린 서평 포스팅만이 《모노크롬 하트》가 현
실에 존재했던 소설이라는 사실을 가까스로 증명했다. 그마저도
10년도 더 전에 올라온 화석 같은 정보들이었다.

《모노크롬 하트》 덕질을 하다 밤잠을 설친 슬언은 다음 날 수

업 시간에 졸다가 선생님께 야단을 맞았다. 슬언도 이른바 고전이라고 불리는 1세대 판타지 소설들을 조금 읽어 본 적은 있지만 요즘 소설과 비교하면 솔직히 촌스럽고 지루했다. 《모노크롬 하트》도 막상 읽으면 그런 고리짝 소설에 불과할지도 모를 일이다. 하지만 정작 읽을 수가 없으니, 참….

손에 넣을 수 없는 환상의 소설을 향한 궁금증은 갈수록 커져만 갔다. 속을 끓이던 슬언이 엄마에게 고민을 털어놓자 엄마는 대수롭잖다는 듯 되물었다.

"인터넷 뒤져 보면 안 나와?"

"신밧드 중고 서점하고 중고 왕국 카페까지 탈탈 털어 봤는데, 절대 안 나와."

"헌책방에는 가 봤어?"

"다 찾아봤다니까. 엄마는 내 말을 뭘로 듣는 거야?"

"얘는 인터넷 책방만 책방인 줄 아네. 우리 살던 고인동에 헌책방 골목 기억 안 나? 그런 데 있을지도 모르잖아."

엄마의 말에 눈이 번쩍 뜨였다. 오프라인 헌책방은 생각지도 못했다. 관성적으로 인터넷 서점이나 중고 물품 거래 커뮤니티만을 염두에 두었던 것이다.

무엇보다도 주단동에는 헌책방이 없었다. 주단동의 책방은 동네 한가운데 있는 쇼핑몰에 입점한 대형 서점이 유일했다. 도심의 헌책방들은 희귀 야생 동물처럼 조용하고 빠른 멸종 과정에 들어간 지 오래였다.

모노크롬 하트를 찾아서

토요일, 엄마가 만들어 준 제육볶음에 밥을 두 그릇 먹고 나온 슬언은 자전거에 올랐다. 바람은 잔잔하고 날은 따뜻해 자전거 타기 안성맞춤이었다.

슬언은 강을 따라 놓인 자전거 전용 도로를 타고 빠르게 달려 나갔다. 점심을 든든히 챙겨 먹은 데는 다 이유가 있었다. 오늘 갈 길이 제법 멀었다. 돈을 아끼려고 일부러 버스를 타지 않았다. 웹소설을 너무 많이 결제하는 바람에 이번 달 용돈이 적자 위기였다. 오늘 운이 좋으면《모노크롬 하트》를 구할 수 있을지도 모르니 단돈 천 원이라도 아껴야 했다.

약 한 시간 뒤 슬언은 고인동 주민센터 앞 네거리에 도착했다. 반년 만에 돌아온 고향 동네는 예전 그대로였다. 슬언은 마스크 너머로 가쁜 숨을 몰아쉬며 낡은 동네 고인동에서도 가장 오래된 언덕 너머 골목길로 들어섰다. 한때는 책방 골목으로 불렸던 길이었다. 그곳에 오늘의 목적지가 있었다.

인적 없는 골목길은 휑뎅그렁했다. 한때 고인동은 근방의 독서가들이 일부러 찾아오는 동네였다. 책방과 도서 대여점, 인쇄소들이 입주해 있었던 상가 건물들은 대부분 문을 닫은 채 을씨년스러운 분위기를 풍겼다.

슬언은 느리게 자전거를 몰며 골목 끝까지 나아갔다. 골목 맨 끝에 마지막까지 장사를 한 헌책방이 있었던 걸 어렴풋이 기억하고 있었다. 예전에는 어쩌다 이 길을 지나쳐 가기만 했지 헌책방에 들어가 볼 생각은 한 적이 없었다. 헌책방 이름조차 모른 채 그냥

'동네 헌책방'으로 기억하고 있을 뿐이었다. 인터넷에도 정보가 없어서 만일 헌책방이 문을 닫았다면 헛걸음이 될 것이다.

'아, 몰라. 오늘 실패하면《모노크롬 하트》도 그냥 포기하는 거야.' 이런 마음과 함께 슬언은 마침내 골목길 끝에 당도했다. 낡아 빠진 2층 상가의 입구에는 간판도 표식도 없었다. 역시 헌책방은 망해서 문을 닫은 모양이었다.

실망한 채 돌아서려던 슬언의 눈에 문득 어슴푸레한 불빛이 보였다. 오래된 상가 건물이 흔히 그렇듯 계단이 있는 1층 입구는 열려 있었다. 불빛은 지하로 이어지는 계단 아래쪽에서 새어 나오고 있었다. 슬언은 가로등 옆에 자전거를 세워 놓고 건물 지하로 슬금슬금 내려가 봤다.

계단은 길고 깊었다. 얼마 내려가지 않은 것 같은데 갑자기 사방이 동굴 속처럼 어두워졌다. 당황한 슬언은 걸음을 멈추었다. 저만치 앞에 다시 희끄무레한 불빛이 나타났다.

두려움 속에서 슬언은 불빛을 따라 계속 내려갔다. 비좁고 가파른 계단에는 전등 하나 없었다. 건물 밖은 훈훈한 봄날인데 순식간에 땀이 마르고 살갗에 닭살이 돋았다.

그냥 돌아 나가 버릴까 갈등하는 찰나, 꺼질 듯 아른대던 불빛이 환해졌다. 게임에 나오는 지하 던전처럼 깊은 외길의 끝에 작은 유리창이 달린 문이 나타났다. 불빛은 유리창 너머에서 어른거리고 있었다. 유리창 한가운데 걸린 손바닥만 한 나무판에는 '무덤 책방'이라고 쓰여 있었다.

문은 열려 있었다. 슬언은 주저하며 무덤 책방으로 들어갔다. 책방은 발 디딜 틈도 없이 책으로 가득했다. 슬언은 바닥에서부터 층층이 쌓여 천장까지 닿은 책 무더기 틈새로 개미굴처럼 나 있는 통로를 따라 조심조심 책방 안으로 들어가다 피사의 사탑처럼 기울어 있던 책의 탑에 어깨를 살짝 부딪히고 말았다. 꼭대기의 책 몇 권이 떨어져 내렸다.

놀란 슬언은 얼른 무릎을 굽혀 떨어진 책을 주웠다. 서두르며 집어 들다가 책 표지가 활짝 펼쳐졌다. 어릴 적 할머니 댁의 책꽂이에서 맡았던 냄새와 꼭 같은 낡은 종이 냄새에 슬언이 코를 벌름거리는 찰나였다.

- 읽어 줘.

나지막한 속삭임이 들려왔다. 놀라 고개를 들었지만 보이는 것이라곤 겹겹이 둘러쳐진 책 무더기뿐이었다. 잘못 들었나? 슬언은 펼쳐진 책을 넘겨 보았다. 책은 《은방울꽃 엄마》라는 제목의 오래된 수필집이었다. 제목부터 엄청 오래 묵은 티가 났다. 읽어 보나 마나 재미없을 게 뻔했다.

- 날 읽어 줘.

다시 한번 속삭이는 소리가 들렸다. 나이 든 아줌마의 목소리였다.

　－ 날 읽어 달라고, 날.

　잘못 들은 게 아니었다. 게다가 그 속삭임은 슬언의 바로 곁에서 들려왔다. '아줌마 귀신이 내 귓가에 속살거리고 있나?' 하고 생각한 순간 뒷덜미를 타고 소름이 쭉 끼쳤다.
　불길한 책을 도로 덮으려는 찰나, 속삭임이 귀청을 때리는 날카로운 고함 소리로 변했다.

　－ 덮지 마!

　슬언은 책을 확 덮어 버렸다. 책을 덮자 아줌마의 목소리도 뚝 멎었다. 설마. 조심스레 책을 다시 펼쳐 보자 아줌마 목소리가 애걸복걸했다.

　－ 제발 한 번만 읽어 봐. 내 이야기를 책으로 쓴다고 우리 딸이 얼
　　마나 고생했는데….

　슬언은《은방울꽃 엄마》를 바라보며 입을 쩍 벌렸다.
　'책이 사람에게 말을 건다고?'
　말도 안 되는 일이다. 하지만… 그래도, 혹시? 슬언은 마침 눈

에 띄는《대한민국 낚시지도》책을 낚아채 되는 대로 아무 페이지나 펼쳐 보았다.

- 어허, 웬 놈이여?

이번에는 굵직한 아저씨 목소리가 책에서 튀어나왔다. 슬언은 기겁을 하며 책을 무릎 위로 떨어트렸다.《은방울꽃 엄마》의 아주머니가 호들갑을 떨었다.

- 손님이 왔어요.
- 진짜?
- 웬일이라니? 오늘 해가 서쪽에서 떴나?

여자, 남자, 어린아이, 노인… 목소리들은 방송국 스튜디오에 모여 앉은 방청객들처럼 다양했다. 슬언은 비좁은 통로에 죄인처럼 꿇어앉은 채로 얼어붙었다. 책들이 사람처럼 수다를 떨고 있었다. 내가 지금 꿈을 꾸는 걸까? 아니면 게임이나 소설 속으로 전생轉生한 걸까, 웹소설 주인공처럼?

"여기 와서 편하게 앉으렴."

또 다른 목소리가 들려왔다. 공포에 질려 올려다보자 책 무더기 너머에서 몸집이 자그마한 할머니가 분홍색 손뜨개 모자를 쓴 채 슬언을 내려다보고 있었다.

이번에는 책이 아니라 사람이구나. 슬언은 안도했다. 눈 오는 날 뛰노는 아이처럼 발갛고 동그란 뺨을 지닌 할머니는 무서운 사람 같아 보이지는 않았다.

슬언은 할머니가 이끄는 대로 책방 안쪽 구석에 놓인 찻상 앞 의자에 앉았다. 할머니는 슬언에게 양해를 구하듯 말했다.

"책들이 좀 시끄럽지? 바깥에서 손님이 온 게 하도 오랜만이라 그래."

"아, 네. 음, 그러니까, 책들이 왜…."

"책들이 왜 이렇게 말이 많냐고?"

할머니는 빙그레 웃으며 의자 옆에 가득 쌓인 책 무더기 틈에서 커다란 스테인리스 보온병과 찻잔 두 개를 꺼내 찻상에 올려놓았다.

슬언은 작은 의자에 엉거주춤 엉덩이를 걸친 채 차게 식은 두 손을 파리처럼 맞비볐다. 책방은 이상하리만치 추웠다. 할머니도 두툼한 긴소매 스웨터 위에 털조끼까지 덧입고 있었다. 아무리 지하라 해도 이렇게까지 추운 게 정상일까? 할머니는 보온병에서 하얀 김이 폴폴 오르는 차를 따라 슬언에게 건네주었다.

"으슬으슬하지? 한번 마셔 봐. 모과 넣고 잰 꿀차야. 몸이 금방 뜨뜻해질 거야."

슬언은 뜨끈뜨끈한 찻잔을 두 손으로 받쳐 든 채 어물거렸다. 할머니는 모과차를 호로록 한 모금 마시고는 이어 말했다.

"책들이 말이 많을 수밖에 없지. 종일 자기들 떠드는 걸 들어

줄 사람이라고는 노인네 하나뿐이니까. 그런데 난들 어쩌겠니. 1년 365일 내내 했던 이야기를 하고 또 하니, 원. 이제는 대꾸해 줄 말도 없어."

"그런데요⋯ 어떻게 책이 사람처럼 말을 해요?"

슬언은 끝도 없이 이어지는 할머니의 말을 간신히 비집고 처음부터 제일 궁금했던 질문을 던졌다.

"여기는 책들의 무덤이란다. 들어올 때 간판 못 봤니?"

"봤어요. '무덤 책방'이라고⋯."

무덤. 열다섯 살 슬언은 좀처럼 입에 올릴 일 없는 단어가 품은 서늘함이 이상스레 차가운 책방 공기와 함께 입안에 선뜩하게 들러붙었다.

책들의 무덤이라니! 할머니와 대화를 나누는 동안에도 슬언의 바로 곁에 놓인 《바람 따라 구름 따라》라는 케케묵은 책이 점잖은 할아버지 목소리로 "속는 셈치고 한번 읽어나 보시게." 하며 권했고, 다른 책들도 일단 펼쳐 보기나 해 보라는 둥 생각보다는 재미있을 거라는 둥 앞다투어 말을 붙이고 있었다.

"무덤은 망자가 들어가는 곳이지. 여기도 똑같아. 여기 들어와 있는 책들은 수명이 다한 책들이거든. 출판사가 망했거나, 절판이 되었거나, 아니면 책이 나온 지 너무 오래돼 잊힌 책들이야."

"그런 건 다른 중고 서점들도 마찬가지 아닌가요?"

"그렇지. 그런데 여기 와 있는 책들은 이 세상 누구도 찾지 않는 책들이야."

"이 세상 누구도요?"

슬언은 차를 마시려다 말고 되물었다. 할머니는 근엄하게 고개를 끄덕였다.

"그래. 그러니까 여기가 무덤인 게지."

"그럼 할머니는 여기 주인이세요?"

"난 무덤지기야. 무덤에도 관리가 필요하거든. 벌초 대신 책 위에 쌓인 먼지를 털고, 권연벌레가 나오지 않도록 틈틈이 자리를 바꾸어 주고 계피를 놓아두는 게 내가 하는 일이야."

과연 이곳 무덤 책방에 쌓인 책들은 골동품이라 불리는 편이 어울릴 만큼 심각하게 오래된 책이거나, 요즈음 책이라 해도 일반 서점에서는 본 적 없는 책뿐이었다. 중고 서점 중에서도 희귀 도서 전문 서점인 셈일까? 중고 서점 콘셉트 한번 거창하다고 슬언은 생각했다. 하지만 책들이 사람처럼 말하고 떠드는 것까지 '콘셉트'일 수 있을까?

- 어이 학생! 나 좀 읽어 줘. 나는 철저히 저평가를 받았다고!

서가에서 비죽 튀어나온 단편 소설집이 갑작스레 아우성을 쳤다. 슬언은 얼결에 그 책을 꺼내 들었다. 소설집은 거의 새 책이었다. 홍보 문구가 적힌 띠지까지 빳빳했다. 펼쳐 보니 속표지에 단정한 펜글씨로 작가의 사인과 메시지가 쓰여 있었다.

존경하는 김모모 선생님께 첫 책으로 인사드립니다.

작가가 존경하는 김모모 선생님이라는 분은 선물 받은 새 책을 그대로 헌책방에 팔아넘긴 모양이었다.

- 저명하신 김모모 선생님께서는 풋내기 신인의 등단 소설집 따위야 1년에도 몇 권씩 증정 받아 지긋지긋하셨겠지. 그런데 말이야, 정말 열 받는 건 김모모 그 양반이 나를 한번 읽어나 볼 요량으로 집어 들기는 했다는 거야. 평소에는 베스트셀러 작가의 신간이 아니면 펼쳐 보지도 않고 분리수거함에 처박는 잘나신 양반이! 그런데 딱 석 장 넘겨 보고 버리더라. 아니, 겨우 석 장 읽어 보고서 뭘 안다고?
- 어휴, 시끄러. 쟤 또 한풀이 시작이네. 소리 없이 묻힌 신인 작가 책이 세상에 저밖에 없는 줄 아나. 쟤는 됐고, 나를 한번 읽어 보지그래? 나야말로 문해력 저하 시대의 희생양인데.
- 댁도 희생양 타령 작작하지? 그냥 시대에 뒤처진 주제에!
- 허이고, 님은 대필 자서전 주제에 말이 많으셔.
- 얘들아, 진정하렴. 나처럼 죽음을 있는 그대로 받아들이면 편안해진단다. 그나마 여기 있으면 폐지 재활용 기계에서 종이 죽이 되는 신세는 면할 수 있잖니?
- 어르신은 이제는 발행하지도 않는 전화번호부, 그것도 1983년도 전화번호부잖아요. 우리랑은 입장이 다르죠.

사방에서 책들이 왁자지껄 떠들어 댔다. 무덤이라는 이름이 무색하게 비좁은 책방에는 장마당 같은 활기가 돌았다. 슬언은 질린 표정으로 중얼거렸다.

"다들 진짜 말이 많네요."

무덤지기 할머니는 안쓰럽다는 듯 웃으며 말했다.

"한이 많아서 그래."

"한이요?"

"책으로 나왔는데 한 번도 끝까지 읽히지 못했으니 얼마나 한이 쌓였겠니? 독자 없는 책의 신세는 재갈 물린 수다쟁이나 마찬가지란다."

문득 꿀을 듬뿍 넣은 모과차가 한약처럼 씁쓸해져 슬언은 찻잔을 내려놓았다. 온기가 아쉬웠지만 더는 마시고 싶지 않았다. 무덤지기 할머니는 슬언의 돌변한 기색을 눈치챈 듯 물어왔다.

"학생은 무슨 책을 찾으러 왔어?"

슬언은 그제야 할머니에게 책방에 찾아온 진짜 목적을 이야기했다.

"저는 《모노크롬 하트》라는 판타지 소설을 찾고 있어요."

"그래? 어디 한번 잘 찾아봐."

무덤지기 할머니는 어느 틈에 꺼냈는지 알 길 없는 껍질 수십 개를 작은 도자기 그릇 여러 개에 나누어 담으며 느긋하게 말했다.

무덤 책방의 책들은 대형 서점과 학교 도서관에 있는 책들을 전부 합친 것보다도 많아 보였다. 여기에는 대형 서점이나 도서관에는 기본적으로 구비되어 있는 검색용 컴퓨터도 없었다. 모래밭에서 바늘 찾는 꼴이었다.

막막함 속에 멍하니 서 있던 슬언의 머릿속에 불현듯 묘안이 떠올랐다. 비록 도서 검색용 컴퓨터는 없지만, 그 대신 이곳에서만 취할 수 있는 방법이 있었다. 슬언은 당장 눈에 띄는 책을 붙들고 물어보았다.

"혹시 여기서《모노크롬 하트》라는 책 봤어요?"

- 어엉? 모노, 뭐라구우?

일제 강점기에 제작된 대학교 졸업 앨범은 너무 나이가 많아 귀가 나빠진 모양이었다. 슬언은 계속해서 책들에게《모노크롬 하트》의 행방을 탐문해 나갔다. 못 들은 척 무시하는 책도 있고, 다짜고짜 자기를 읽어 달라고 떼를 쓰는 책도 있었다. 한편 나온 지 수십 년이 훌쩍 넘는 고서들은 슬언의 탐문에 곧잘 협력해 주었다.

몇 시간이 걸려 마침내 슬언은 1990년대에 폐간된 컴퓨터 잡지 무더기 뒤편에 숨어 있던 책꽂이에서《모노크롬 하트》단행본 1권을 찾아냈다.

책은 비교적 멀끔한 상태였다. 1세대 판타지 소설답게 웅대한 글씨체로 인쇄된 표제 아래 수줍게 '신선'이라는 저자명이 쓰여 있었다.《모노크롬 하트》는 실제로 존재했다. 슬언은 벅차오르는 마음으로 책 표지를 들췄다.

"어?"

책이 펼쳐지지 않았다. 다시 한번 손에 힘을 주어 표지를 열어 젖혔지만 허사였다. 책은 초강력 접착제로 붙여 놓은 것처럼 꿈쩍도 하지 않았다. 마치 스마트폰 대리점에 진열된 모형 전화처럼 겉모양만 본떠 만든 가짜 책 같았다.

"왜 이러는 거야?"

슬언은 속이 타서 부르짖었다. 《모노크롬 하트》는 아무 말도 없었다. 책을 들고 이리저리 뜯어보았지만 모형 책은 확실히 아니었다. 설마 이 책은 진짜로 죽어 버린 걸까?

- 내버려 둬. 나는 나가고 싶지 않아.

한참 만에 《모노크롬 하트》가 입을 열었다. 오랫동안 입을 닫고 지낸 듯 깊고 탁하게 가라앉은 목소리였다.

"왜?"

슬언이 캐물었지만 《모노크롬 하트》는 대답하지 않았다. 어느 틈엔가 슬언의 등 뒤로 다가온 무덤지기 할머니가 물었다.

"책 찾았니?"

"네. 그런데 책이 좀 이상해요. 아무리 해도 펼쳐지지 않아요."

슬언은 무덤지기 할머니에게 닫혀 있는 《모노크롬 하트》를 보여 주었다. 할머니는 책을 잠깐 들여다보더니 혀를 찼다.

"이런 책이 가끔 있지."

"제가 어떻게 하면 될까요?"

울상을 짓고 묻는 슬언에게 할머니는 차분하게 말했다.

"굳이 뭘 하려 애쓰지 말고 기다려 보렴."

안 그래도 풀기 싫은 수학 문제집의 숫자들이 하나도 눈에 들어오지 않았다. 버려진 책들의 무덤 책방, 그곳에서 사람처럼 말하는 헌책들, 그 헌책들의 도움을 받아 가까스로 찾아낸《모노크롬 하트》단행본 1권의 존재가 머릿속을 떠나지 않았다.

슬언은 결국 무덤 책방에서《모노크롬 하트》를 사 오지 못했다. 펼쳐지지도 않는 책을 무턱대고 가지고 나올 수는 없는 노릇이었다. 무덤지기 할머니는 굳이 애쓰지 말고 기다려 보라고 했지만, 슬언은 조바심이 나 죽을 지경이었다. 대체 언제까지 기다려야 하는 걸까? 독자를 거부하는 책이라니 어처구니없다. 지금 이 순간에도 웹소설 플랫폼에서는 수없이 많은 작가들과 지망생들이 단한 명의 독자와 단 한 번의 조회수라도 얻어 내려고 머리를 싸매고 있는데….

《모노크롬 하트》를 향한 슬언의 갈망은 시시각각 커져만 갔다. 슬언은 몇 군데 안 되는 블로그에 올라온《모노크롬 하트》의 리뷰나 줄거리 소개를 반복해서 읽으며 시간을 보냈다. 저주를 받아 태어난《모노크롬 하트》의 주인공은 뼈가 부러지고 살이 베여도 고통을 느끼지 못하는 특이 체질이었다. 그 덕분에 어떤 싸움에서도 지지 않는 불패의 전사가 되지만, 사람들에게는 괴물 취급을 받아

고향에서 추방당한다는 내용이었다.

주인공이 입은 저주는 어떤 전능한 존재가 무슨 의도를 품고 내린 걸까? 주인공은 결국 저주에서 벗어나게 될까? 소설 본문을 읽을 수 없으니 상상하는 수밖에 없었다. '모노크롬'은 '컬러'의 반대 개념으로 한 가지로만 이루어진 색, 즉 흑백을 뜻하는 단어라고 했다. '흑백의 심장'은 붉은 피가 흐르는 심장보다 훨씬 단단하고 무디고, 어떤 상처도 받지 않을 만큼 강할 것 같았다.

주말이 찾아오자 슬언은 또다시 고인동으로 향했다. 한 번 더 무덤 책방에 가 보면 그곳에서 겪은 일이 과연 꿈인지 생시인지 확인할 수 있을 터였다. 무덤 책방은 골목길 맨 끝 낡은 상가 지하층에 그대로 있었다. 끝없이 내려가는 계단과 동굴 속처럼 새카만 어둠 끝에서 어른거리는 희미한 불빛도 처음 보았던 그대로였다.

슬언이 무덤 책방에 들어서자 잠들어 있던 헌책들이 일제히 깨어나 수런거리기 시작했다. 으슬으슬한 책방 안의 공기와 천장까지 가득 쌓인 헌책들이 뿜어내는 낡은 종이와 잉크 냄새. 무덤 책방의 존재는 분명한 현실이었다. 접이식 사다리 위에서 책을 정리하던 무덤지기 할머니는 슬언을 단번에 알아보았다.

"어서 와."

할머니는 이번에도 보온병에서 뜨거운 모과차를 따라 건넸다. 슬언은 차를 마시며 《모노크롬 하트》가 꽂혀 있던 자리를 되짚어 나갔다. 《모노크롬 하트》는 예전에 발견했던 책꽂이 맨 아래쪽에 그대로 꽂혀 있었다. 그동안 책의 마음이 바뀌었을지도 모른다는 희망을 품으며 슬언은 《모노크롬 하트》를 향해 손을 뻗었다.

- 저기요!

새소리처럼 높다란 목소리가 슬언의 등 뒤에서 들려왔다. 돌아보자 처음 보는 책이 말을 걸고 있었다.

- 혹시 괜찮으시다면… 저를 데리고 나가 주시겠어요?

《선택하지 않을 자유》라는 제목의 책 표지에는 긴 머리를 늘어트리고 고개를 숙인 예쁜 여자의 얼굴이 그려져 있었다. 책은 가냘픈 목소리로 계속 간청했다.

- 부탁이에요. 여기서는 도저히 숨을 쉴 수가 없어요. 딱히 저를 읽지 않아도 좋으니까 그냥 이곳에서 데리고 나가만 주세요. 네?

고민 끝에 슬언은 그 책을 할머니에게 들고 갔다.
"이 책 얼마예요?"
할머니는 찻잔에서 피어오르는 수증기 너머로 슬언을 지그시 바라보며 물었다.

"잘 생각해. 너 정말로 이 책을 읽고 싶어서 사는 거야?"

슬언은 망설였다. 구경하던 책들이 앞다투어 《선택하지 않을 자유》를 비난하기 시작했다.

- 애! 진정 좀 해. 폐지 신세보다는 그냥 여기서 조용히 쉬는 편이 백 배 낫지.
- 그래. 오버 좀 그만해. 꼴불견이거든!

그러자 《선택하지 않을 자유》가 갑자기 귀청 떨어지는 소리로 울부짖기 시작했다.

- 싫어! 이런 무덤에 영원히 갇혀 있느니 밖에서 쓰레기로 버려 지는 게 나아! 《선택하지 않을 자유》가 다 뭐람? 애초에 독자 에게 선택 받지 못한 책의 신세가 종이 쓰레기랑 뭐가 달라?

이래서는 도저히 구해 주지 않을 수가 없다. 무덤지기 할머니는 책값은 손님이 알아서 정하라고 했다. 할머니의 지적대로 정말로 읽고 싶어서 사는 책이 아니었기에 솔직히 돈이 아까웠다. 결국 슬 언은 천 원을 내고 《모노크롬 하트》 대신 《선택하지 않을 자유》를 사 들고 책방을 나왔다.

집에 돌아온 슬언은 《선택하지 않을 자유》를 읽기 시작했다. 감상은… 천 원이 아까웠다. 천 원의 기회비용으로 할 수 있는 수십 가지 일들이 줄지어 떠오를 정도로 재미없는 책이었다. 혹시 엄마의 취향에는 맞을지도 모른다는 생각에 슬언은 엄마에게 《선택하지 않을 자유》를 선물했다. 다음 날 엄마는 반쯤 읽다 만 책을 덮어 버리며 짤막한 감상을 남겼다.

"요즘은 개나 소나 다 작가 시켜 주나 보다."

그렇게 《선택하지 않을 자유》는 슬언네 집 응접실 찻상 위에 방치되었다. 며칠이 지난 뒤에야 그 책의 존재를 떠올린 슬언이 말을 걸어 보았지만 책은 입을 열지 않았다. 어쩐지 불길한 느낌에 슬언은 《선택하지 않을 자유》를 무덤 책방에 가져가 보았지만 그곳에서도 그 책은 여전히 묵묵부답이었다.

"한번 여기서 나간 다음에도 읽히지 못한 책은 말을 영영 잃어버리더구나."

무덤지기 할머니는 《선택하지 않을 자유》를 책꽂이에 되돌려 넣으며 말했다. 단편 소설집이 심술궂게 말했다.

– 자기가 바라던 대로 진짜 종이 쓰레기가 됐네.

수다스럽던 책들이 일제히 입을 다물었다. 울적한 침묵이 으슬으슬한 책방 공기를 더욱 스산하게 만들었다. 슬언도 덩달아 우울해졌다.

늘 같은 자리에 꽂혀 있는 《모노크롬 하트》의 책등이 눈에 들어왔다. 혹시나 하는 마음으로 책을 꺼내 펼쳐 보았지만 《모노크롬 하트》는 여전히 꿈쩍하지 않았다. 《선택하지 않을 자유》처럼 지독하게 재미없는 책도 무덤에서 내보내 달라고 애걸복걸하는 판국에 이 건방진 책은 뭐 그리 잘났다고 혼자 고집을 부리고 있는 건가 싶었다.

슬언은 약이 올랐다. 《모노크롬 하트》가 너무 읽고 싶어서 머리에 쥐가 날 것 같았다.

"언제까지 날 기다리게 할 생각이야?"

화를 내는 슬언에게 《모노크롬 하트》가 무성의하게 대답했다.

- 말했잖아. 나는 여기서 나갈 생각 없어.

"혹시 너도 《선택하지 않을 자유》처럼 말을 잃고 종이 쓰레기 신세가 될까 봐 무서워서 그래? 내가 약속할게. 네가 아무리 재미없어도 꾹 참고 끝까지 다 읽어 줄 거라고."

손안에서 《모노크롬 하트》가 꿈틀 몸을 떨었다. 슬언의 말이 자존심을 건드린 모양이었다. 《모노크롬 하트》는 한껏 오만한 말투로 내쏘았다.

- 재미없어도 참고 읽어 주겠다고? 나를? 하하! 넌 내 뒷내용이 궁금해서 밤잠도 못 자게 될걸.

"뭐야. 그렇게 재미있다면 읽는 나야 감사하지."

- 그러니까 애초에 시작도 하지 않는 편이 나아.

"왜? 네가 중단된 소설이라서?"

- 그래. 나는 버려진 이야기니까. 신선 그 인간은 나를 완결 내지
   도 않은 채로 작가를 관둬 버렸어. 지금은 소설하고는 아무 상
   관없는 일을 하며 잘 먹고 잘 살고 있지.

"그렇구나…."

- 그뿐만이 아니야. 그 인간은 개인적으로도 나를 썼다는 사실
   자체를 완전히 묻어 버렸지. 한집에 살고 있는 가족들에게조
   차 자신이 젊은 시절 인터넷에서 판타지 소설을 인기리에 연재
   하고 책으로 내기까지 했다는 사실을 숨긴 채 살고 있다고.

"왜? 기껏 그렇게 재미있는 소설을 써 놓고서! 이해가 안 가."
당황해서 묻는 슬언에게《모노크롬 하트》는 비꼬는 어조로 답
했다.

- 내 존재를 입에 올리기도 부끄러운 모양이지.

슬언은 말문이 막혔다.《모노크롬 하트》는 독감 걸린 사람처럼

콱 잠긴 목소리로 중얼거렸다.

- 나는 창조주에게 버림받은 실패작일 뿐이야. 헛수고 그만하고
  나를 내버려 둬. 어둠 속에서 조용히 잊혀지도록.

"슬언아, 이슬언! 일어나! 어서!"

엄마가 어깨를 세차게 흔들었다. 슬언은 이불 속으로 더 깊이
파고들었다. 침대에서 한 발짝도 나가고 싶지 않았다.

"벌써 8시 30분이야. 학교에 안 갈 거야? 도대체 왜 이러는데?
너 설마 또…."

내려다보는 엄마의 눈빛이 바람 부는 창가에 세워 둔 촛불처럼
힘없이 흔들리고 있었다. 그 눈빛이 슬언의 등을 억지로 떠밀었다.
불안해하는 엄마를 대하는 게 외로움에 사로잡히는 것만큼, 때로
는 그보다 더 싫었다.

두 번째로 무덤 책방에 다녀온 뒤 슬언은 내도록 울적했다. 종
이 쓰레기가 되어 버린 소설책에게 미안하기도 했지만,《모노크롬
하트》때문이기도 했다.

'그깟 구닥다리 판타지 소설책 하나 못 읽는다고 이렇게까지
우울해질 필요는 없는데….'

- 나는 버려진 이야기니까.

《모노크롬 하트》의 쓸쓸한 목소리가 계속 머릿속을 맴돌았다.

슬언은 끝내 반박할 말도, 설득할 말도 찾아내지 못한 채 빈손으로 무덤 책방을 나설 수밖에 없었다.

재미없어서 끝까지 읽을 수도 없는 책이 있는 반면, 재미있지만 작가가 완결을 짓지 않은 미완성의 책도 있다. 독자 입장에서는 둘 다 똑같이 읽어 봤자 소용없는 무가치한 책에 불과한지도 모른다. 읽히기를 거부하는《모노크롬 하트》의 마음을 이해할 수 있기에 슬언은 더욱 속이 답답했다.

점심시간의 학교 식당은 떠들썩했다. 슬언은 구석진 자리의 빈 테이블에 식판을 내려놓고 스마트폰을 꺼내 들었다. 스마트폰은 밥 먹을 때 유일한 친구였다. 슬언은 웹소설 앱을 열고 선호작 목록에 들어가〈역대급 회귀〉라는 제목의 판타지 소설을 불러들였다. 요즘 새로 읽기 시작한 소설인데, 그저께 올라왔어야 할 새 연재분이 아직 올라오지 않았다. 작가 공지란에도 사전 공지가 없었다. 이미 소설의 지난 연재분에는 독자들의 독촉 댓글이 여러 개 올라와 있었다.

그 모습을 보고 있자니《모노크롬 하트》를 쓴 신선 작가가 떠올랐다. 신선 작가는《모노크롬 하트》집필을 연재가 한창 진행되던 도중에 그만두었고, 단행본도 1권밖에 나오지 않았으며, 출판사는 슬언이 태어나기도 전에 망해 버렸다. 웹소설 독자들은 즐겨 읽는 소설의 연재가 연기되거나 중단될 때 최고로 분노했다.《모노크롬 하트》의 호언장담대로 뒷내용이 궁금해 잠이 오지 않을 만큼 재미있는 소설이라면 중단되었을 때 독자들은 얼마나 분통이 터졌을까.

　신선 작가는 무책임하다. 한번 시작한 이야기를 끝맺지 못하는 작가만큼 나쁜 작가는 없으니까. 슬언은 〈역대급 회귀〉의 댓글란에 "무책임하시네요."라고 쓰고서는 웹소설 앱을 꺼 버렸다. 밥맛이 뚝 떨어졌다.

　카톡 알림이 연달아 울렸다. 수저를 내려놓고 카톡을 확인했더니 엄마가 보낸 메시지가 여러 개 쌓여 있었다.

　- 학교 잘 갔어?
　- 점심 잘 챙겨 먹었어?

　슬언은 엄마에게 답을 보내지 않고 카톡 친구 메뉴를 불러들여 고인동 시절 단짝들의 카톡 프로필을 하나씩 눌러 보았다.

　프로필 사진 속 친구들은 변함없었다. 한 친구의 지난 프로필 사진 목록으로 들어가자 옛 학교 교복을 입은 친구들의 단체 사진이 나왔다. 슬언은 멍청이처럼 웃으며 포즈를 취한 친구들 가운데 제일 바보스럽게 활짝 웃고 있는 자신의 얼굴을 다른 사람 얼굴 보듯 바라보았다. 사진이 올라온 날짜는 우연찮게도 오늘로부터 딱 1년 전이었다. 시간이 이렇게 빨리 지나가다니! 슬언은 이상한 기분에 사로잡혔다. 슬언과 엄마에게 지난 1년은 많은 것이 변한 시간이었다.

　슬언은 카톡 친구 목록의 맨 아래로 스크롤을 내렸다. 'zo'라는 의미 불명의 오타 같은 이름이 친구 목록 맨 아랫줄에 있었다. 'zo'의 정체는 슬언의 아빠였다. 처음에는 '아빠' 두 글자를 다 쓰는 것이 귀찮아서 'o'만 썼다가, 나중에는 카톡 친구 목록 가운데 아빠의 아이디가 자꾸 보이는 게 싫어서 알파벳의 가장 마지막 글자인 z를 앞에 붙여 가나다순으로 정렬되는 목록 맨 밑바닥으로 밀어냈다.

작년 초에 슬언의 엄마와 아빠는 법적으로 남남이 되었다. 이혼에 따르는 기나긴 절차를 끝마친 엄마는 슬언을 데리고 신혼 시절부터 살았던 고인동을 떠났다. 한창 이혼 소송으로 줄다리기하던 시절, 밤마다 전화에 대고 내지르는 엄마의 고성과 울음 속에서 돈과 사업 이야기가 반복해서 들렸고 여자에 관한 이야기도 들렸다.

외할머니는 아빠 같은 남자는 "절대로 고쳐 쓸 수 없다."라고, 멀찍이서 귀를 쫑긋 세우고 있던 슬언이 기가 죽을 만큼 차갑게 말했다. 어른들이 내막을 말해 주지 않아도 아빠가 엄마에게 무슨 잘못을 저질렀는지 슬언이 알아채기는 어렵지 않았다. 그런 일은 뻔한 노림수로 쓰인 소설보다도 알아채기 쉬웠다.

엄마와의 이혼이 정해지자 아빠는 슬언에게 문자 한 통을 보내 바뀐 전화번호를 알렸다. 그뿐이었다. 그 뒤로 슬언은 아빠와 만난 적도, 전화를 한 적도 없었다. 아빠의 존재를 확인할 수 있는 유일한 경로는 아빠의 카톡 프로필 사진뿐이었다. 아빠는 슬언에게 카톡을 보내지도 않았다. 물론 슬언이 아빠에게 카톡을 보낼 수도 있지만 굳이 그러고 싶지는 않았다. 하나뿐인 자식의 생일에도 연락한 통 없는 아빠였다. 그런 아빠를 굳이 아빠라고 불러 줘야 될까? 그런 무책임한 인간에게는 아빠라는 이름보다는 'zo'라는 무의미한 기호의 나열이 어울린다.

- 슬언아, 대답 안 해?

엄마의 카톡이 연달아 날아들었다. 슬언은 'ㅇㅇ' 하고 무성의한 답을 보냈다. 엄마가 아침부터 안달복달하는 이유를 슬언은 알고 있었다.

엄마가 행복한 새 출발을 위해 이사 온 이곳 주단동에서 슬언은 한순간도 행복하지 못했다. 그렇다고 해서 죽고 싶을 만큼 괴롭지도 않았지만, 적어도 전학 온 지 6개월이나 지났는데도 함께 점심 먹을 친구 한 명이 없었다.

한 달 전 담임선생님과의 상담을 마치고 돌아온 엄마는 슬언을 주단동 엄마들 사이에서 유명하다는 청소년 전문 정신과 병원에 데려가 상담을 받도록 했다. 학교에 가기 싫다고 책가방을 집어던지며 악다구니를 쓰다 결국 무단결석을 했던 사건을 계기로 줄줄이 일어난 일이었다.

그 난리가 나고 얼마 뒤 외할머니가 주단동 새집으로 찾아왔다. 갓 담은 김치를 한가득 싸 들고 온 외할머니는 안방에서 엄마와 마주 앉아 기나긴 대화를 나누었다. 두 사람은 처음에는 서로화를 내며 소리를 지르다 휴지를 연달아 뽑으며 훌쩍거린 끝에 땅이 꺼지도록 한숨을 쉬며 한탄했다.

"애가 그런 면은 제 아빠를 빼닮았어. 하필 제일 닮지 않았으면 하는 부분만 그대로…."

화장실에 다녀오는 길에 우연히 들었던 그 말이 외할머니가 한 말인지 아니면 엄마가 한 말인지 슬언은 알 수 없었다. 그저 그 말 자체가 슬언의 가슴 깊숙이 파고들었을 뿐이다. 그 말은 엄마와 아빠가 싸움을 시작했을 때부터 슬언의 가슴속에 하나둘씩 쌓이기 시작해 지금은 숨 쉬는 것도 힘겹도록 빠듯이 메워진 감정들과 들러붙어 단단한 돌덩이로 변했다.

슬언은 엄지손가락 두 개로 아빠의 카톡 프로필 사진을 확대해 보았다. 사진 속의 아빠는 포대기에 싸인 갓난아기를 안은 채 싱글벙글 웃고 있었다. 슬언은 아기와 아빠의 얼굴을 번갈아 보면서 닮은 구석을 찾아보았지만 아기가 너무 조그맣고 어려서 잘 알아볼 수 없었다.

슬언은 여전히 아빠의 자식이지만 더는 세상에 하나밖에 없는 자식은 아니다. 아빠는 나를 중도 포기하고 다른 자식을 낳아 기르는 삶을 택했다. 《모노크롬 하트》를 포기하고 작가를 영원히 그만두었다는 신선 작가처럼. 아빠에게 버려진 내 인생도 《모노크롬 하트》처럼 영원히 버려진 이야기에 불과할지 모른다고 슬언은 생각했다.

밥을 다 먹은 아이들이 삼삼오오 짝을 지어 매점으로 달려가며 웃어 댔다. 식당에 가득한 아이들의 행복한 소음 속에서 슬언은 도저히 외면할 수 없는 쓰라린 감정을 느꼈다. 자존심을 내세울 틈도 없었다.

다 식어 버린 음식을 내버리며 슬언은 이를 악물었다. 외로웠다. 너무 외로워서 심장이 아팠다.

《모노크롬 하트》의 주인공처럼 나에게도 저주가 내리면 좋겠다. 심장에 흐르는 피가 멎고 회색으로 굳어져 아무런 고통도 감각도 느끼지 못하게 되면 좋겠다. 그러면 이렇게 괴로울 일도 없을 텐데.'

되돌아온 주말에 슬언은 또다시 무덤 책방으로 내려가는 계단 입구에 섰다.

'오늘이 마지막이야.'

오늘도 《모노크롬 하트》를 설득하지 못하면 두 번 다시는 이곳에 오지 않으리라 결심했다. 《모노크롬 하트》, 그 망할 놈의 책을 꼭 읽어야만 했다.

무덤지기 할머니는 언제나처럼 모과차를 권했지만 슬언은 사양하고 《모노크롬 하트》부터 찾았다. 열리지 않는 책을 움켜쥐고 오늘은 뭐라고 닦달해야 할까 고민하는 사이, 처음으로 《모노크롬 하트》가 먼저 슬언에게 말을 걸어왔다.

– 왜 꼭 나여야만 하는데? 여기 다른 책들도 많잖아.

"네가 저번에 말했잖아. 네가 너무 재미있어서 밤잠도 못 자게 될 거라고. 나에게는 그런 책이 필요해. 읽는 동안 모든 것을 다 잊어버릴 만큼 재미있는 소설 말이야. 나를 이 거지 같은 현실에서 잠깐이라도 벗어나게 해 줄 수 있는 그런 이야기가 필요하다고."

— 그만 억지 부려. 창조주가 책임지지 않은 이야기에 희망은 없어. 나도 한때는 어떤 소설들보다도 찬란하게 빛나는 이야기가 될 수도 있었어. 빌어먹을 작가가 나를 포기하지만 않았어도 말이야.

"내가… 내가 너를 되살려 낼게. 널 읽고 나서 네가 얼마나 재미있고 대단한 소설인지 인터넷 게시판에 열심히 감상을 써서 올릴 거야."

— 소용없는 일이야.

"너는 그동안 여기에만 처박혀 있느라 잘 모르겠지만, 인터넷을 뒤져 보면 여전히 너를 기억해 주는 독자들이 있어. 네 덕분에 유명한 작가가 된 사람도 있다고! 내가 세상에서 제일 존경하는 작가야. '꽃게랑' 작가님이라고 지금 웹소설 분야에서 장난 아니게 유명하다? 못 믿겠으면 보여 줄게."

슬언은 〈멸망세계 재건 일기〉를 《모노크롬 하트》에게 보여 주

90

려고 스마트폰을 꺼내 들었다. 그런데 통신망 연결이 끊어져 있었다. 스마트폰을 거칠게 두드리는 슬언의 등에 무덤지기 할머니가 가만히 손을 얹었다.

"책은 서글픈 존재야. 독자 없이 혼자서는 생명을 이어 가지 못하니까."

"누가 그걸 몰라요? 그래서 제가 이 책의 유일한 독자가 되어 주려는 거잖아요. 그런데 이 답답한 놈은 저한테 희망이 없다는 둥 실패작이라는 둥… 누가 그걸 몰라요? 그게 어떤 기분인지 제가 제일 잘 알거든요. 네, 저한테야 희망 없죠. 저는 책이 아니라 사람이니까. 하지만 얘는 소설이에요. 중단이 되었어도 여전히 읽어 주고 기억해 주는 사람들이 있어요. 그런데도 눈 감고 귀 막은 채로 고집이나 부리고 있잖아요!"

목소리가 점점 커졌다. 나이 드신 할머니께 무례한 태도라는 걸 알면서도 슬언은 솟구치는 감정을 주체할 수 없었다. 스스로도 지금《모노크롬 하트》이야기를 하고 있는지 아니면 자신의 이야기를 하는지 헷갈렸다.

슬언을 지켜보는 무덤지기 할머니의 눈빛은 고요했다.

"사람의 인생도 한 발짝 떨어져 보면 한 편의 소설과 다름이 없어. 소설처럼 처음과 끝이 정해져 있는 것 같으면서도, 상상도 못한 사건들이 일어나 이야기의 흐름을 바꾸어 놓기도 하지. 책의 일부분만 읽고 섣불리 내용을 단정 내리면 많은 것을 놓치고 마는 것처럼, 삶도 마찬가지야."

슬언은 무덤지기 할머니의 말을 선뜻 이해하지 못하고 눈을 깜박였다. 할머니는 계속 말했다.

"중도 하차된 소설에게도 이렇게 좋은 독자가 생겼잖니. 그런 소설을 실패작 취급하면 곤란하지 않을까?"

"그렇…죠. 하지만 자기 자신을 실패작이라고 생각하는 건《모노크롬 하트》이지, 저는 아니에요."

"그런데 말이다, 너는 왜 너를 실패작이라고 생각해?"

"그건… 우리 아빠가 저를 더는 자기 삶의 일부로 여기지 않으니까요. 무책임하게, 일방적으로 자기 인생에서 저랑 엄마를 끊어 내 버렸으니까요."

"아빠가 그랬구나."

잠시 말을 멈춘 무덤지기 할머니는 보온병을 꺼내 열었다. 여느 때보다도 진하고 향기로운 모과 냄새가 책방 가득 퍼져 나갔다. 할머니는 모과차를 가득 따른 찻잔을 슬언에게 건넸다. 슬언은 고개를 저었다.

"전 괜찮아요."

"괜찮기는? 얼굴이 시퍼렇게 질려서. 얼른 마셔, 얼른."

할머니의 재촉에 슬언은 마지못해 찻잔을 받아들었다. 할머니는 인자한 눈으로 슬언을 바라보며 말했다.

"비록 네 아빠가 너의 삶을 네가 원하지 않는 방향으로 끌어갔지만 그건 네 인생 전체에서 초반부 스토리에 불과해. 희곡으로 치면 1막 1장이고, 네가 좋아하는 웹소설로 치면 무료 연재 분량의

내용이라고나 할까? 너에게는 언제든, 마음만 먹으면 당장이라도 네 삶의 이야기를 네 뜻대로 이어 쓸 수 있는 힘이 있어."

따뜻하고 향기로운 모과차가 슬언의 몸속으로 퍼져 나갔다. 모과차는 할머니의 말을 싣고 가슴 깊은 곳까지 천천히 스며들었다. 슬언은 처음으로 가슴속 깊이 뭉쳐 있던 돌덩어리가 거짓말처럼 가벼워지는 것을 느꼈다.

이어서 눈물이 찔끔 나올 만큼 따끔한 아픔이 심장에 느껴졌다. 그렇게 찔린 곳에서부터 할머니의 모과차만큼, 아니 그보다 훨씬 뜨거운 기운이 흘러나와 슬언의 가슴 가득 번져 나가기 시작했다.

"내가 써 줄게."

어째서 그런 말이 나왔는지 스스로도 알 길이 없었다. 그래도 슬언은 말하고 싶었다. 말해야만 했다. 지금 이 순간을 놓치면 영원히 말할 수 없을 것만 같았다.

"내가 너의 뒷이야기를 이어 써 줄게. 너를 창조한 신선 작가에 비하면 아직 눈뜨고 못 봐 줄 실력이지만… 그래도 포기하지 않고 계속 쓰다 보면 언젠가는 재미있는 이야기를 쓸 수 있을 거야."

《모노크롬 하트》는 여전히 대답이 없었다. 역시 실패인가? 이대로 《모노크롬 하트》는 영영 잊어버려야 하나? 슬언은 손등으로 눈가를 훔쳐 내며 일어났다. 《모노크롬 하트》를 책꽂이에 돌려 넣으려는 찰나였다. 손바닥에 전해지는 감촉이 어쩐지 다르게 느껴졌다.

'혹시…'

슬언은 마지막으로 한 번만 더 그 고집스러운 책을 열어 보기로 마음먹었다.

빛바랜 표지에 손을 얹는 순간 너무나 당연하다는 듯《모노크롬 하트》가 활짝 펼쳐졌다. 책장들이 차르르 부드러운 소리를 내며 넘어갔다.

"드디어 마음을 열어 줬구나! 고마워,《모노크롬 하트》!"

기쁨 속에서 슬언이 곧장 책을 읽기 시작하려는 찰나, 땅속 깊은 곳에서 우레 소리가 울렸다. 이어서 책더미와 책꽂이들이 마구 흔들리기 시작했다. 지진이라도 일어난 듯했다.

무덤지기 할머니는 찻잔을 팽개치며 일어나더니 놀랄 만큼 강한 힘으로 슬언의 손목을 붙들고 책방 입구로 끌고 나갔다. 책들이 공포에 찬 비명을 질러 댔다. 땅이 갈라지는 굉음 속에서 할머니는 지극히 침착했다. 마치 이런 일이 일어날 것을 미리 알고 있었던 것처럼. 놀라 얼어붙은 슬언의 등을 계단 위로 세게 밀어젖히며 할머니가 외쳤다.

"우리 책방의 이야기는 일단 여기까지야. 너는 네 이야기를 이어 가거라. 포기하지 말고, 꼭!"

정신없이 무덤 책방을 탈출한 슬언은 뒤늦게 손에 꼭 쥐고 있던《모노크롬 하트》가 사라진 것을 발견했다. 어두운 계단 어딘가에서 실수로 떨어트린 모양이었다.

상가 밖은 아무 일도 없었던 것처럼 조용하기만 했다. 땅이 흔들리기는커녕 솔바람 한 점 불지 않았다. 귀신이 곡할 노릇이었다.

건물 입구에 멀쩡히 세워 놓았던 자전거가 한참 멀찍이 떨어진 찻길 한가운데에 내동댕이쳐져 있었다. 놀란 슬언이 달려가 자전거를 바로잡아 세웠을 때, 골목길 입구에서 흙먼지를 뒤집어쓴 공사 트럭이 달려왔다. 슬언은 급히 자전거를 끌고 맞은편 인도 위로 몸을 피했다. 짧은 시간 동안 너무 많은 일이 터져 정신이 하나도 없었다.

트럭은 슬언이 처음 자전거를 세워 두었던 곳에 멈추었다. 트럭에서 안전모를 쓴 어른 여럿이 내렸다. 어른들은 건설과 측량에 쓰이는 도구들을 손에 들고 무덤 책방이 있는 상가 건물로 걸어 들어갔다.

슬언은 건물 앞을 떠나지 못하고 동태를 살펴보았다. 무덤지기 할머니는 무사할까? 책들은? 그러나 책방 입구는 맨 처음 슬언이 찾아왔던 때와 조금도 다르지 않아 보였다. 무덤 책방을 한바탕 뒤흔들었던 땅울림 소리가 거짓말이었던 것처럼 골목길은 쥐죽은 듯 고요하기만 했다.

어른들은 트럭에서 부려 낸 쇠파이프를 상가 앞에 세우고 공사용 가림막을 치기 시작했다.

"학생! 위험하니까 다른 데서 놀아."

공사를 지휘하는 아저씨가 눈을 부라렸다. 슬언은 등 떠밀리듯 그곳을 떠나는 수밖에 없었다.

며칠이 지나 슬언이 다시 자전거를 타고 고인동을 찾았을 때 무덤 책방이 있던 상가 자리는 부서진 콘크리트와 철근의 무덤으로 변해 있었다. 근처에 있던 낡은 상가들도 전부 철거되어 황무지가 되어 있었다.

내년 말 완공 예정인 오피스텔의 정보가 적힌 간판을 올려다보며 슬언은 망연자실했다. 콘크리트와 철근 틈바구니에 살아남은 헌책이 있지는 않을까? 툴툴거리던 단편 소설집과 지독하게 재미없지만 간절히 독자를 원했던 책,《모노크롬 하트》를 찾을 때 도와주었던 낡은 고서들을 떠올리며 안타까운 마음에 까치발을 들고 가림막 너머를 들여다보았지만 종이 쪼가리 한 장도 보이지 않았다.

한밤중이었다. 슬언의 책상 위에는 노트 한 권이 펼쳐져 있었다. 지난주부터 슬언은 플랫폼 연재를 목표로 판타지 소설을 쓰기 시작했다.

지금껏 습작을 할 때는 스마트폰의 메모 앱만 이용해 온 슬언이 새로 산 노트에 샤프펜슬로 글을 쓰기 시작한 이유는 단순했다. 종이의 바스락거리는 소리와 부드러운 감촉을 직접 느끼고 싶어서였다. 여태껏 학교나 학원에서 신물 나도록 써 온 평범한 노트지만 오늘부터는 슬언만의 이야기를 담는 그릇이 되어 줄 터였다. 와이파이와 배터리 충전 필요 없이 언제 어디서라도 펼쳐 볼 수 있는, 쉽게 잊히고 버려지지 않을 이야기 노트.

슬언은 노트 위에 글자를 채워 나가며 낡은 책들이 잠들어 있는 무덤 책방을 생각하고, 그곳에 함께 잠든 소설《모노크롬 하트》를 생각했다. 그 소설은 끝내 읽을 수 없었지만 덕분에 슬언은 자기만의 방식으로 이야기를 상상하는 재미에 눈을 떴다.

시간이 지나면 색이 바래는 컬러 사진과 달리 흑백 사진은 오랜 세월이 흘러도 변하지 않는다. 빛과 그림자로만 이루어진 사진에 찍힌 인물과 그의 삶이 실제로는 어떤 색을 지녔을지 상상하는 것은 보는 사람의 자유이며 행복이었다.

여전히 두어 줄만 쓰면 막막해지는 바람에 글 쓰는 손을 멈추고 애먼 머리털을 뽑아 대는 몹쓸 버릇이 생겼지만, 그래도 예전처럼 캄캄한 어둠 속에 갇힌 채 한 글자도 쓰지 못하고 그만두는 일은 없었다.

슬언은 어둠 속에서 미약하지만 꺼지지 않는 불빛을 더듬어 가듯 천천히 조금씩 자신의 글을 이어 나갔다. 노트 표지의 뒷면에 수십 개의 소설 제목 후보를 써 내려간 끝에 마침내 인생 첫 소설의 제목을 지었다.

'모노크롬 하트를 찾아서'.

핑크래빗백과 심야 책방

임지형

"꺄아!"

외마디 비명 소리가 귀청을 때렸다. 깜짝 놀라 눈을 들었다. 칠판 위 원형 시계의 시침 바늘이 바르르 떨리듯 교실 안이 흔들렸다. 앞줄에 앉는 해미였다.

"대박! 이게 바로 그 귀하디귀한 핑크래빗백인 것이야?"

"어. 대박이지? 색깔 완전 핫하지?"

해미가 지희 책상에 놓인 무광택 핑크빛 미니 캐리어를 들고 호들갑을 떨었다. 어찌나 부러운 눈으로 바라보는지 해미 얼굴만 보면 세상 그 무엇과도 바꿀 수 없는 귀한 물건을 보는 것 같았다. 역시나 그런 해미를 바라보는 지희의 표정도 티 나게 흐뭇해 보였다. 거의 세상을 다 가진 자의 만족스러움이랄까. 사람이라는 게 그렇다. 울고 싶을 때 뺨 때려 주면 외려 고맙듯, 자랑하고 싶은데 알아서 부러워해 주니 말해 무엇 할까.

해미는 '인싸'라는 단어로 사람을 만들면 저렇겠구나 싶을 정도의 아이다. 예쁘장한 외모에 리액션의 대가라 친화력 또한 남다르다. 게다가 눈치는 구미호 간을 빼먹을 정도로 빠르다. 그래서인지 다른 아이들을 잘 조종했다. 원하는 것이 있으면 반드시 갖고, 친해지고 싶은 아이가 있으면 어떡하든 홀리듯 그 마음을 빼앗았다. 아이들은 그런 걸 알면서도 해미를 따랐다. 해미와 친해지고 싶어 했고, 해미와 뭐든 함께하려 했다. 그리고 그런 아이들 중에 나도 포함되어 있었다.

'저걸 어떻게 구한 거지?'

궁금했다. 저 가방은 매년 계절 한정판으로 진행하는 별다방의 프리퀀시 이벤트 상품이었다. 올해는 7월 30일까지 계절 음료 다섯 잔과 다른 음료 스무 잔을 마시면 받을 수 있다고 했다. 별다방을 이용하는 사람들한테 더없는 사은 행사였다.

하지만 문제는 다른 곳에 있었다. 저 가방을 구하기가 쉽지 않다는 것. 한정판이라는 프리미엄에 상품 디자인까지 많은 사람들의 취향 저격이었다. 거기다 사이즈는 가벼운 여행에 가지고 다니기 딱 좋은 맞춤형이었다.

그러다 보니 이 가방이 출시되자마자 SNS를 통해 인기가 급상승하는 건 물론이고, 뉴스에서도 그 열풍을 고스란히 전달해 줬다. 그 통에 프리퀀시가 없는 사람은 인터넷 중고 판매 사이트를 뒤졌는데, 웃돈을 주고도 구하기 힘들다고 했다. 심지어 별다방 앞에서 줄 서 주는 알바까지 생겼다는 말도 들었다.

"말도 마! 내가 이거 사려고 몇 시에 일어난 줄 암?"

"몇 시에 일어났는데?"

"4시! 내가 이걸 구하려고 새벽 4시에 일어났다는 거. 내가 시험공부를 이렇게 했음 울 엄빠가 날 어화둥둥하면서 난리도 아닐 거다."

"너님의 그런 노력이 있었으니까 누추한 지희가 귀한 핑크래빗백을 영접했지. 안 그럼 이게 네 차지가 됐겠냐? 장하다, 임지희! 가슴이 웅장해진다, 임지희!"

이제 지희 자리에는 해미의 시선과 가방을 구경하려는 반 아이들까지 합세해 더 시끌벅적해졌다. 물끄러미 그곳을 바라봤다. 그때 내 쪽을 바라보는 해미의 시선과 맞부딪쳤다. 나는 얼결이었지만 해미는 의도적으로 쳐다보는 듯했다. 당황해서 얼른 시선을 돌려 버렸다. 마음이 들썩거린 걸 들키고 싶지 않았다. 하지만 그때부터 해미는 더 노골적으로 속내를 드러냈다.

"나도 낼부터는 이 백 구하러 나서야겠어. 얘들아, 우리 이 백 가진 사람끼리 핑크래빗당 만들까? 어때?"

나는 눈을 질끈 감아 버렸다. 텁텁했던 입안이 탄 커피를 마신 듯 썼다. 마음의 거스러미도 덩달아 일어났다. 책상에 엎드렸다. 귀도 막았다. 아무도 없는 곳에 홀로 남은 듯 모든 걸 차단했다. 하지만 해미의 목소리는 귓속으로 더 날카롭게 날아와 박혔다.

"너희들 같이할 거지? 그래야 절친이라고 할 수 있지 않아?"

"오우, 좋은 생각이야. 이건 생각보다 실용적이라 나중에 1박 2일로 여행 갈 때도 아주 좋을 것 같아."

깔깔, 호호 웃는 소리가 연신 들썩거렸다. 반대로 내 마음은 자이로드롭에서 안전바도 없이 추락하는 것 같았다. 각오를 했는데도 왜 이리 힘든 걸까? 사람 마음을 들쑤시고 부추기는 해미와 거리를 두자고 마음먹은 건 누가 시켜서 한 것이 아니다. 해미에게 자꾸 휘둘리는 내 자신이 한심해서 용기를 냈다. 해미가 예쁜 표정을 지으며 내게 하는 부탁(부탁이라고 말하지만 명령에 가까운 요구)을 몇 차례 거절했다. 그랬더니 어느새 나는 아이들 사이에서 투명 인간이 되어 있었다. 처음에는 차라리 홀가분하다고 생각했다. 그런데 막상 멀어지고 보니 생각이 달라졌다. 관계에 중독된 사람이 금단 증상을 겪듯 마음 끝이 아렸다. 그리고 지금은 해미와 친했던 시절로 돌아가고 싶은 마음이 자꾸만 스멀스멀 몰려왔다.

'저 가방을 구해야겠어.'

자기 전 알람을 분 단위로 여러 개를 맞췄다. 원체 잠이 많은 데다 새벽에 일어나는 건 젬병이었다. 그래서 머리를 쓴 게 바로 이 방법이었다.

'띠리릭, 띠리릭!'

잠을 잔 것 같지도 않은데 알람 소리가 들렸다. 4시였다. 후다닥 침대에서 몸을 뺐다. 대충 의자에 걸어 놓은 트레이닝복을 집어 들었다. 생각해 보니 이 트레이닝복도 해미하고 커플 룩 하겠다고 산 거였다. 해미의 흔적을 없애겠다고 다 버린 줄 알았는데 아니었다. 그러면 뭐 하나? 해미 눈에 다시 들겠다고 이 새벽에 일어나 살금살금 거실로 나가고 있는데… 한심했다. 하지만 어쩔 수 없었다.

내 복잡한 마음은 이렇게밖에 표현할 수 없었다.

어스름 가득한 집 안은 고요했다. 물 한 잔만 마시고 가려고 주방으로 갔다. 티커덕, 갑자기 어둠 속에서 소리가 들렸다. 심장이 바짝 쫄면서 깜짝 놀라 발을 멈췄다. 정수기 냉각 모터가 작동하는 소리였다. 놀란 가슴에 손을 대고 심호흡을 가다듬었다. 곧 진정이 되자 나는 얼른 물 한 잔을 마시고 현관으로 나갔다.

이른 더위로 낮에는 한여름처럼 더울 때도 있었지만 새벽은 달랐다. 목덜미에 와닿는 서늘한 기운이 잔뜩 움츠리게 했다. 게다가 아직 어슴푸레한 거리에 나 혼자만 있는 거 같아 두려움이 몰려왔다. 괜한 짓을 하는 게 아닐까 잠깐 후회도 들었다. 하지만 학교에서 투명 인간으로 사는 것보다는 나을 것이라고 생각했다. 아까보다 재게 걸음을 떼어 횡단보도를 건넜다. 그리고 눈앞에 펼쳐진 광경을 보고 한순간 멍해졌다.

"아! 진심 현타 오네."

아무리 생각해도 새벽 4시 30분은 꽤 이른 시간이었다. 그래서 혹시나 혼자만 너무 빨리 줄을 서면 어쩌나 걱정까지 했는데 그따위 걱정은 고이 접어 날려 보냈어야 했다. 아니, 다들 할 일이 이렇게 없나? 세상에! 나보다 먼저 와서 줄을 서 있는 사람이 벌써 열 명이 넘었다.

'내가 인간들의 부지런함을 너무 얕봤구나.'

새삼 핑크래빗백의 열풍이 얼마나 센지 알 것 같았다. 사실 이곳 별다방 개점 시간은 아직 한참 남아 있었다. 그런데도 이렇게 일찍 온 건 워낙 유동 인구가 많은 곳이어서 그랬다. 입고되는 양이 매일 다르고 사람들이 일찍 오면 내 차지는 없을 것 같아서였다. 하지만 세상은 넓고 생각이 비슷한 사람은 넘치는 모양이다. 그걸 나만 모르고 있었을 뿐이다.

또 한 가지 미처 모르던 게 있었다. 바로 먼저 와 있는 사람들의 준비성이었다. 나는 휴대 전화 하나만 달랑 챙겨 왔는데, 이들은 기다리는 시간까지 계산해 앉아 있을 돗자리나 의자도 챙겨 왔다. 나만 뻘쭘하게 서서 휴대 전화를 들여다봤다 멍 때렸다를 반복했다. 그렇게 시간을 때우고 있는데 누군가 내 어깨를 톡톡 두드렸다.

"학생, 다리 아픈데 여기 앉아."

내 뒤로 줄을 섰던 아주머니가 미니 돗자리를 건넸다. 순간 눈이 번쩍 뜨였다. 이게 웬 떡인가 싶었다.

"고맙습니다."

나는 얼른 받아 들어 내가 서 있던 자리에 깔았다. 깔고 보니 내 엉덩이 하나 붙일 정도의 작은 크기였다. 하지만 이게 어딘가. 감지덕지였다. 인간이 자신의 처지를 잊으면 개진상 되기 쉽다. 아주머니의 배려가 아니었으면 개장 시간까지 계속 서 있어야 할 판이었다.

"오늘은 몇 개나 나오려나? 어제도 와서 못 받았는데 오늘도 없으면 큰일인데…"

편하게 돗자리에 앉아 이것저것 보는데 아주머니가 혼잣말하듯 중얼거렸다.

"어제도 오셨어요?"

"응. 어제도 왔었는데 좀 늦게 와서 그런지 벌써 다 나가고 없더라고. 그래서 오늘은 좀 더 서둘러 나왔는데 오늘도 사람이 꽤 많네. 참나, 사람들 이 가방 없으면 못 사나?"

쯧쯧 소리를 내며 투덜거리는 아주머니의 모습에 속으로 웃음이 났다. 아주머니야말로 정성이 뻗치지 않고서야 이렇게까지 할 일인가 싶었다. 어제 못 샀다고 오늘 또 오다니!

"그런데 학생은 오늘 학교 안 가? 아, 맞다. 오늘 토요일이구나!"

아주머니가 나에게 관심을 보이려는 찰나, 앞에 있는 사람들이 일어나기 시작했다. 매장 점원이 카페 문을 여는 게 보였다. 사람들은 줄을 선 채로 매장 쪽으로 걸음을 옮겼다.

"으아! 너무 좋아! 너무 좋아!"

앞쪽에서 가방을 받은 사람들은 무슨 보물단지라도 받은 것마냥 좋아했다. 다 큰 어른들이 그렇게까지 좋아하니까 내가 가방을 받기 위해 기다린 건 아무것도 아니라는 생각이 들었다. 그렇게 한 명 두 명, 앞쪽에 있는 사람들이 가방을 받아 사라졌다. 그리고 드디어 내 순서가 되었다.

"여기요!"

나는 휴대 전화를 내밀어 프리퀀시를 보여 줬다.

"죄송합니다, 고객님! 오늘 물량은 다 소진됐어요. 내일 다시 이용해 주시면 감사하겠습니다."

"네? 뭐라고요?"

잠을 설친 듯 부숭부숭한 직원이 난처해하며 억지 미소를 지었다. 순간 어이가 가출한 기분이었다. 아니, 왜! 하필 내 앞에서! 물건이 똑 떨어졌냐고! 도무지 받아들이기 힘들었다. 새벽에 일어나 나온 보람도 없이 이게 웬 낭패인지 모르겠다. 깊은 빡침이 밀려왔다. 말문이 탁 막혀 있었는데, 갑자기 내 뒤에서 돗자리를 빌려준 아주머니가 앞으로 툭 튀어나왔다.

"아니, 이봐요. 어제도 물량 없다고 그러더니 벌써 없다는 게 말이 돼요? 어제 그렇게 일찍 떨어졌으면 고객을 위해서라도 물량 확보를 많이 했어야죠!"

"고객님! 죄송합니다. 이게 저희만 가져오는 게 아니라 전국 지점마다 다 가는 거라 어쩔 수 없습니다."

"잠도 못 자고 와서 기다렸는데 이게 뭐예요? 이건 고객 사은 행사가 아니라 우롱 행사네. 안 그래요?"

"죄송합니다, 고객님."

"아니, 죄송하면 죄송할 짓을 하지 말아야지요. 상식적으로 그렇지 않냐고요. 제가 지금 틀린 말 했어요? 없는 말 했어요? 네?"

돗자리를 건네줄 땐 한없이 친절했던 아주머니였는데, 물량이 떨어졌다는 말에 바로 진상 손님이 되어 버렸다. 그 바람에 나는 더는 말도 못 하고 조용히 줄에서 빠져나와 집으로 향했다.

"아이씨! 이게 뭐야, 진짜!"

어느새 환하게 밝은 하늘을 보니 울컥 화가 치밀었다. 이럴 줄 알았으면 그 새벽에 나오지 않았을 텐데…. 괜히 후회가 됐다. 아니다. 조금 더 빨리 나왔어야 했나? 오락가락하는 마음을 붙잡고 집으로 가는데, 두 다리가 바람 빠진 타이어처럼 덜컹거렸다.

개짜증! 진심!

심야 책방을 발견한 건 며칠 후였다.

새벽에 나갔다가 허탕 친 후 그다음 날도 시도했지만 실패로 돌아갔다. 엄밀히 말하면 시도 자체를 실패했다. 알람을 잠깐 끈다는 게 내처 잠이 들어 아예 나가지도 못했다. 그렇게 되자 다 귀찮아졌다. 솔직히 그 가방이 뭐라고. 그냥 포기할까 싶었다. 가방 하나로 해미와 다시 친해진다는 것도 말이 안 되는 것 같았다.

그런데 문제는 그거였다. 가지고 싶은 걸 못 가지니까 오로지 가방만 생각이 났다. 고래 심줄보다 질긴 미련이 내 발목을 잡아 머릿속에서 '핑크래빗백'이 떠나지 않았다. 하는 수 없었다. 그래서 나는 집과 독서실 근처의 별다방 지점을 모조리 검색했다. 열두 곳이 나왔다. 그리고 카페의 크기와 가방이 들어오는 개수의 예상 수치를 다이어리에 적었다. 구글링했더니 이런 정보를 정리한 엑셀 파일까지 돌아다녀서 어려운 일은 아니었다. 인간의 욕망은 얼마나 대단한가!

리스트에 처음 적은 카페는 기다리는 사람이 많은 것 같아 다른 위치에 있는 곳을 찾아보기로 했다. 일곱 번째 별다방까지 가능성이 낮아서 빨간 줄을 긋고 나니, 또다시 현타가 왔다. 정말 그만둘까?

하지만 여기까지 와서 그만두면 그거야말로 지금까지의 노력이 헛짓거리가 되는 것이었다. 나는 머리를 절레절레 흔들었다. 일단 다음 장소까지만이라도 가 보기로 했다. 그때 가서 정말 아니다 싶으면 그만두자고 생각했다. 여덟 번째 별다방 지점은 마침 내가 한 번씩 이용하는 독서실 근처에 있었다. 그래, 죽으라는 법은 없네. 잘됐다 싶어 그곳을 공략하기로 결정했다.

마지막으로 걱정되는 게 한 가지 있었다. 워낙 품귀 사은품이라 그곳이라고 해도 집 근처 카페들과 다를 리 없다는 거였다. 다른 사람보다 더 빨리 나가서 가방을 얻을 수 있는 방법을 찾아야 했다. 그때 눈에 띈 게 심야 책방이었다.

당신이 읽을 책과 밤이 있는 곳!
내 집처럼 편안히 책을 보고, 차나 맥주를 마실 수 있어요.
밤과 밤사이 당신이 원하는 만큼 머물다 가세요.
영업 시간: PM 7시 ~ AM 7시

책방 입구에 있는 입간판 글이 내 발길을 멈추게 했다. 깊은 밤하늘에 노란 반달이 떠 있고, 그 아래로 불 꺼진 도시에 딱 한 군데 불 켜진 책방이 그려진 입간판이었다. 사실 이런 장소를 찾았던 건 아니었다. 인스타 감성 충만한 이런 곳은 오글거렸다. 하지만 내가 밤샘하기에는 안성맞춤이었다. 책방 앞에서 결심했다. 주말에 이곳에서 밤샘을 하고 카페에 가서 가방을 받아 오기로.

D-day는 책방을 발견한 그 주 토요일로 잡았다. 엄마에게는 미리 밤새 독서실에서 시험공부를 하겠다고 말했다. 엄마는 흔쾌히 허락했다. 마침 그날 집에 부부 동반 모임이 있는데, 내가 알아서 공부하러 나간다고 하니 걱정할 필요가 없어진 거다. 나는 속으로 쾌재를 불렀다. 일이 잘 풀리는 것을 보니 어쩐지 느낌이 좋았다.

그리고 결전의 토요일, 나는 비장한 각오를 하고 책방으로 향했다.

책방 문을 열자 맑은 풍경 소리가 물수제비 모양으로 서서히 퍼져 나갔다. 그래서인지 금세 머릿속까지 맑게 해 주는 것 같았다. 입구에 서서 조금 어색하게 안을 살폈다. 확실히 다른 책방과는 분위기가 달랐다. 책방이라기보다는 아담한 가정집 같은 분위기였다. 입구에서 왼쪽으로 음료를 주문하는 곳이 있었고, 양 벽면으로 천장까지 올라가 있는 책꽂이에는 책들이 듬성듬성 꽂혀 있었다. 그리고 안쪽으로는 방 같은 공간이 있었는데, 그곳에 여러 색깔의 빈백 소파가 보였다.

"헐, 여기 책방이기는 한 건가?"

의아하기는 했지만 나쁘지는 않았다. 어차피 밤새 머물 예정이니 차라리 이 편이 더 나을 것도 같았다. 그런데 사람이 보이지 않았다. 주인도 손님도 없이 책만 보였다.

두리번두리번 주인을 찾았다. 그때 뒤쪽 작은 문이 열리고 중년 아저씨가 품이 넓은 개량 한복 차림으로 나왔다.

"어서 오세요."

눈이 마주치자 주인아저씨가 먼저 인사를 했다.

"오늘 처음 오신 거군요?"

주인아저씨가 가까이 다가와 물었다. 나는 작은 소리로 "네." 하며 고개를 끄덕였다. 실눈 캐릭터였다. 일본 애니메이션에서는 저런 캐릭터를 조심해야 한다. 사람 좋은 표정으로 음모를 꾸며 주인공을 곤란한 상황으로 몰아가는 역할은 저런 실눈 캐릭터들이 담당했다. 그런 캐릭터들이 강하기는 또 오지게 강했다.

"그럼 여기 규칙 한번 읽어 보겠어요? 일단 보고 괜찮으면 주문하고 아니면 그냥 나가도 됩니다."

대체 이게 무슨 소리인가 싶어 눈을 동그랗게 떴다. 책방이니 원하는 책을 사면 되는 게 아닌가? 그런데 책방에 규칙이 있다고? 역시 실눈 캐릭터는 범상치 않았다. 내가 얼빠진 표정으로 서 있자, 아저씨가 조용히 손을 들어 한쪽을 가리켰다. 책장 옆에 메모판을 붙여 두는 칠판이 보였다.

심야 책방

1. 밤과 밤 사이에만 머물 수 있어요.

2. 책방에 머물 땐 '오늘의 책'은 필수로 사야 합니다.
   대신 음료수는 무료입니다.

3. 가급적 통신 기기 사용은 자제해 주세요.

밤과 밤 사이에 머무는 건 사실 별 신경이 쓰이지 않았다. 통신 기기 자제하는 것도 그다지 어렵지 않았다. 다만 '오늘의 책'을 사는 건 걸렸다. 책은 내가 원하는 걸 사도 다 읽을까 말까인데, 내가 원하지도 않은 책을 사야 한다면 그건 좀 무례한 것 아닐까?

"어떻게, 머물 겁니까?"

갈팡질팡 고민하고 있는데 주인아저씨가 물었다. 나는 주인아저씨 얼굴을 빤히 쳐다봤다. 처음 봤을 때와 달리 얼굴이 꽤 맑아 보였다. 다시 보니 실눈 캐릭터보다는 가끔 TV에서 보는 순박한 아저씨 같은 얼굴이라고나 할까?

"네, 머물게요."

마음과 달리 내 입에서는 엉뚱한 말이 튀어 나갔다. 사실 그냥 나가서 독서실로 갈까도 생각했다. 하지만 미소를 지을 때 눈꼬리가 살짝 내려앉으면서 세상 착해 보이는 주인아저씨의 얼굴을 보니 다른 대답이 나왔다.

"그럼 이쪽으로 와요. 주문 도와줄게요."

주인아저씨가 책장 옆 음료 주문하는 곳으로 손짓을 했다. 어차피 '오늘의 책'을 사야 한다면서 주문은 왜 필요한지 모르겠지만 나는 그 쪽으로 따라갔다.

"오늘 기분은 어때요?"

아, 이것이야말로 너무나 난데없는 질문이었다. 책방에서 왜 내 기분을 물어보는 걸까? 아니, 원래 책방 같은 곳에서 손님들의 기분을 물어봤던가? 내가 아무리 오래 살진 않았어도 지금껏 살면서 책방에서 기분을 물어본다는 말은 처음 들어 봤다.

"기, 기분이요? 그니까 제 기분 말하는 건가요?"

"네, 손님 기분이요."

주인아저씨가 싱긋 웃었다. 이런, 또 그 미소다.

"그러니까… 제 기분은, 음… 그냥 그래요. 아주 좋지도 나쁘지도 않은 것 같아요."

"좋지도 나쁘지도 않은 것 같다는 말은 확실히 자신의 기분이 어떤지 잘 모른다는 뜻이네요?"

솔직히 진짜 내 기분을 알 수 없어서 둘러댔다. 그러면 대충 주인아저씨가 알아먹겠지 했는데 그게 아니었다. 주인아저씨는 의외로 내 기분을 콕 집어냈다.

"그, 그런 것 같아요."

"좋아요! 그럼 그 알 수 없는 기분을 확실히 알 수 있게 해 드리면 되겠네요. 손님 차는 '알말차'로 준비할게요. 책은 저기 보이죠? 오늘의 책 꺼내 가면 됩니다."

살다가 이렇게 얼떨떨한 채로 주문하는 것도 처음이지 싶었다. 나는 주인아저씨 말대로 주문을 결정하고 책값을 지불했다. 물론 오늘의 책도 빼 들었다.

오늘의 책 제목은 《내 마음의 산책》이었다. 책 표지에 푸른 들판에서 한 여자가 슬렁슬렁 산책하는 모습을 그려 놓은 에세이였다. 나는 책을 들고 내가 앉을 자리를 찾아봤다. 안쪽 사방이 트인 방 같은 곳에 아까 봤던 빈백 소파가 몇 개 보였다. 그 옆에는 빈백에 딱 맞는 높이의 원목 탁자들이 자리 잡았다. 나는 빨간색 빈백을 골라 앉았다.

"아, 편안해."

자리에 앉는다는 느낌보다는 빈백에 안기는 느낌이었다. 몇 시간이고 앉아 있어도 되겠다 싶을 만큼 마음에 쏙 들었다. 나도 모르게 스르륵 눈이 감겼다. 자칫 잘못하면 책 읽다가 잠이 들 수도 있을 정도로 포근했다.

"손님, 차 나왔습니다."

그사이 주인아저씨가 주문한 차를 가지고 왔다. 주인아저씨는 쟁반처럼 작은 차탁에 찻잔과 비스킷 몇 개를 가져왔다. 내가 얼른 자세를 고친 후 찻잔을 잡으려고 하자 주인아저씨가 손을 내저었다.

"이 차탁째 두고 드세요."

그러고는 차탁까지 건네줬다.

"감사합니다."

나는 얼른 차탁을 받아 내 옆 탁자 위에 놓았다. 그러자 할 일을 마친 주인아저씨가 자리로 돌아갔다. 물끄러미 주인아저씨의 뒷모습을 보다가 무심히 책방 안을 다시 살폈다. 그리고 그때 알았다. 이곳이 다른 책방과 확실히 다른 점이 있다는 걸. 바로 창문과 시계가 없었다. 뭐지?

어리둥절했다. 혹시 무슨 꿍꿍이가 있는 걸까 살짝 걱정이 되기도 했다. 나는 좀 전에 주인아저씨가 가져다준 차를 한 모금 마셨다. 입안 가득 시트러스 향이 퍼지더니 끝 맛은 플로럴 향이 감돌았다. 향수도 아닌 것이 이렇게 첫 맛과 끝 맛이 묘하게 전해지다니! 찻잔 속에 들어 있는 찻잎 재료를 봤다. 육안으로는 정확히 구분이 되지 않은 것들이라 뭐가 들어 있는지는 알 수 없었다. 다만 입안에 감도는 향이 자꾸만 마시고 싶게 했다.

"아, 기분 좋아!"

나도 모르게 감탄이 흘러나왔다. 게다가 이상할 정도로 낮은 이 차탁. 원목 탁자에 올려놓으니 따로 또 하나처럼 잘 어울렸다. 책을 읽다가 손을 뻗으면 너무도 자연스럽게 거기에 찻잔이 있을 높이였다. 이렇게 세심하다니! 그때 뒤쪽으로 가던 주인아저씨가 나를 보더니 빙그레 미소를 지었다. 내 기분을 충분히 이해하겠다는 표정이었다. 내 마음을 보여 준 것도 아닌데 들킨 것 같은 묘한 기분이 들었다. 얼른 눈길을 책으로 돌렸다. 솔직히 단번에 머릿속으로 글이 들어오는 건 아니었다. 하지만 천천히 책을 읽어 가기 시작했다.

처음 '오늘의 책'이란 말을 들었을 때는 '오늘의 날씨도 아니고 오늘의 책이 뭐야?' 했는데 읽는 순간부터 생각이 달라졌다. 오늘의 날씨를 알면 하루 행동반경이 달라지듯, 오늘의 책이 그랬다. 글자와 글자, 단어와 단어, 줄과 줄 사이를 걷다 보니, 내 마음 상태가 조금씩 잠잠해졌다. 흐드러지듯 복잡했던 머릿속이 정리되는 기분이었다.

별안간 해미와 틀어진 때가 떠올랐다. 핵인싸였던 해미와 친하면 좋은 점이 분명 있었다. 늘 아이들의 중심에 섰다. 그러느라 내가 지불해야 하는 노력치도 만만치 않았다. 그중 가장 힘들었던 건 내 생각이 사라지는 것이었다. 모든 것을 해미의 생각과 말에 따라야 했다. 그래서 결정했다.

"그건 아닌 것 같아, 해미야."

"미안해, 해미야. 이번에는 이해해 주라. 다음번에 해 줄게."

"싫어. 그건 부탁이 아니잖아."

심장이 쿵쾅거리는 것을 숨기며, 쥐어짜듯 용기를 내서 해미의 말을 거절했다. 그랬더니 어느새 나는 아이들의 경계선 밖으로 밀려나 있었고, 혼자가 됐다. 그제야 정신이 번쩍 났다. 내가 무슨 짓을 한 걸까?

해미와 화해하기 위해서 몇 번이나 대화를 시도했지만 잘되지 않았다. 어른들은 고등학생의 삶을 우정과 꿈, 낭만으로 표현하지만, 실제는 정글이었다. 무리에서 밀려난 개체는 정글에서 살아남지 못한다. 그런 생각을 하니 저 밑바닥서부터 서운함과 억울함, 그리고 분노가 치밀어 올랐다. 해미에게 잘 보이기 위해서 애쓰는 나 자신에게 혐오감도 일었다.

딸랑!

아까보다 더 경쾌한 풍경 소리가 책방 안으로 울려 퍼졌다. 그 소리가 나를 퍼뜩 깨웠다. 잠시 호흡을 가다듬었다. 숨을 깊게 들이마셨다가 길게 내쉬었다. 몇 번을 반복하자 그제야 마음이 차분해지면서 편안해졌다.

손님이었다. 낡은 트렌치코트에 잿빛 머리를 한, 중년보다 노년에 가까운 아저씨가 주문하는 곳에서 안을 둘러봤다.

"어서 오세요."

주인아저씨가 어느 틈에 손님이 있는 곳으로 갔다. 그리고 나한테 말했던 것처럼 오늘의 책과 규칙에 대해 말했다. 손님은 고개를 끄덕이더니 이내 책값을 지불하고 오늘의 책을 빼 들어 내가 있는 쪽으로 다가왔다. 그리고 내가 두리번대던 것과 달리 나와 대각선 자리에 있는 잿빛 빈백에 앉았다.

잠깐 그 아저씨와 눈이 마주쳤다. 얼떨결에 끄덕 인사를 나누고 다시 책에 눈길을 줬다. 혼자 있다가 누군가와 함께 있으려니 공간의 불편함이 밀려왔다. 급하게 마른침이 꿀떡 넘어갔다. 아직 몇 모금 남은 찻잔을 무심코 손에 쥐었다. 한 모금 마시려다 사레가 들렸다.

"캑캑캑!"

고개를 숙이고 기침을 하는데 불쑥 손 하나가 내 앞으로 뻗쳐왔다. 잿빛 머리 아저씨였다. 냅킨을 내 손에 쥐여 주더니 다시 아저씨가 있던 자리로 돌아갔다. 나는 말없이 꾸벅 인사를 하고 냅킨을 받아 입과 손을 닦았다.

시간이 얼마나 흘렀을까? 휴대 전화를 꺼내들어 시간을 확인했다. 11시가 다 돼 갔다. 오늘의 책은 거의 다 읽어 가고 있었다. 그사이 몇 명의 손님이 왔으나 책방 규칙을 듣고서는 되돌아갔다.

"혹시 책은 안 사고 그냥 맥주만 마시면 안 되나요?"

"이곳은 책방이라 기본으로 책을 사야 차도 맥주도 마실 수 있습니다. 부수적인 건 서비스이지, 그게 메인은 아니거든요. 죄송합니다. 양해 부탁드립니다."

주인아저씨는 부드러웠지만 단호했다. 결코 뒤로 물러서지 않았다. 그러니 손님들도 어쩌지 못하고 그냥 돌아 나갔다. 책값이 그렇게 비싼 것도 아닌데 책 한 권 사고 원하는 걸 얻으면 좋았을 텐데…. 그걸 보니 얼마 전 학교에서 있었던 일이 떠올랐다.

"아, 사인이 뭐 이래? 여기다 하니까 좀 그렇네."

평소 화장품이나 옷도 잘 사고, 심지어 커피 같은 것도 덥석덥석 사 먹어 사은품까지도 잘 챙기는 지희가 강연하러 온 작가의 책을 사는 대신 복사본을 준비했었다. 그걸 버젓이 들고 가서 사인해 달라고 내밀었고, 작가는 복사본 맨 뒷장에 사인을 해 주었다. 하지만 지희 마음에 들 리 없었다. 어쩌나 투덜거리는지 내가 만약 작가라면 한 대 쥐어박고 싶은 심정이었다. 그렇게 싫으면 책 사서 사인 받으면 될 것을 그걸 안 하고 구시렁대는 게 못마땅했다. 다른 친구들이라고 다를 바 없었다. 지희가 복사한 것으로 다시 복사해 그것을 들고 갔으니 다들 똑같았다.

"사람들이 책값에는 왜들 다 그렇게 인색한지, 원. 작가들의 공력에 비하면 이건 껌값인데."

잿빛 머리 아저씨도 못마땅한지 들릴락 말락 한 목소리로 혼잣말을 했다. 나도 수긍이 가는 말이라 책에 눈을 두고 고개만 끄덕

끄덕했다. 그때 또다시 풍경 소리가 울렸다. 눈길이 바로 입구로 향했다. 워낙 사람이 나다니지 않아서인지 소리만 들리면 곧바로 쳐다보게 됐다. 이번에는 20대 청년이었다. 창백할 정도로 하얀 피부에 안경을 꼈는데, 계산을 하는 길고 가는 손가락이 멀리서도 눈에 띄었다.

곧 그 청년도 우리가 있는 자리로 왔다. 잿빛 머리 아저씨와는 달리 자리를 고르는 데 시간이 걸리는 것 같았다. 한참 동안 마음에 드는 자리를 찾기 위해 두리번거리는 게 보였다. 그러고는 잿빛 머리 아저씨와 의자 하나를 사이에 두고 자리에 앉았다. 앉자마자 차 대신에 가져온 맥주를 벌컥벌컥 마셨다. 신기해서 멍하니 보고 있다가 청년과 눈이 딱 마주쳤다. 민망해서 얼른 고개를 숙였다.

맥주를 단번에 마신 청년은 책을 대충대충 넘기더니 트림을 '끄억!' 했다.

"죄, 죄송합니다."

미안했는지 바로 사과를 하자 잿빛 머리 아저씨가 이해한다는 듯 너그럽게 웃어 보였다.

"그렇게 벌컥벌컥 마셨으니 트림을 안 하면 이상하죠."

"죄송합니다. 사실 술을 잘 마시는 것도 아닌데 오늘은 꼭 한 잔 마시고 싶었거든요."

트림 때문에 자연스럽게 대화가 이어져 갔다. 몇 장 남지 않은 책을 보려 했지만, 내 귀는 두 사람의 대화에 더 솔깃했다. 어차피 새벽까지 있으려면 시간도 많이 남았겠다, 책 대신에 잿빛 머리 아저씨와 청년에게 눈길을 줬다.

"좋지 않은 일이 있었나 봐요?"

잿빛 머리 아저씨가 부드러우면서도 약간은 걱정된 표정으로 물었다.

"…네. 크흡, 으흐흑!"

단번에 마신 맥주 때문인지 벌써 얼굴이 불콰해진 청년은 갑자기 울음을 토해 냈다. 별안간 벌어진 일이라 당황스러웠다. 그건 잿빛 머리 아저씨도 마찬가지인 모양이었다. 이러지도 저러지도 못한 채 멍하니 청년이 우는 것만 보면서 아무 말 없이 기다렸다.

"휴, 죄송해요. 정말 민망하네요. 남들 앞에서 이렇게 울어 보는 건 처음이에요. 게다가 처음 뵙는 분 앞에서…. 사실 오늘도 떨어졌거든요."

말보다는 한숨을 더 많이 쉬던 청년은 그간 꾹 참아 온 말을 꺼냈다. 취준생인 그는 오늘까지 총 스무 번의 입사 지원과 시험을 봤지만 절반은 서류에서 탈락했다고 했다. 개중에 어찌어찌 면접까지 가도 결국 돌아온 것은 불합격 문자. 이번에도 떨어져 삶의 희망이 보이지 않는다는 말을 했다.

"어떻게 해야 할지 모르겠어요. 좋은 대학, 좋은 대학 해서 죽도록 공부해서 그 좋은 대학에 갔어요. 졸업하고 막상 전공을 살려서는 취업이 되지 않더라고요. 눈이 너무 높은 거 아니냐는 부모님의 말씀을 듣고, 눈을 낮춰 중소기업에도 원서를 넣었어요. 그런데 이번에는 회사에서 어이없이 학벌과 스펙이 높아서 부담스럽다고 하더라고요. 저 같은 사람은 일을 가르쳐 놓으면 이직해 버린대요. 아니, 제가 그럴 사람인지 아닌지 어떻게 안다고요. 도대체 저는 어떻게 해야 할까요?"

답답하고 다급한 마음이 민망함을 없앴을까? 청년은 처음 본 사람 앞에서 계속 속내를 털어놨다. 나도 어느 정도 공감하는 말이긴 했다. 좋은 대학만 가면 다 해결될 것같이 말하는 건 청년의 주변 사람뿐만이 아니었다. 나도 매일같이 학교와 주변 어른들에게 듣는 말이었다. 사실 약간 희망을 주기도 하는 말이었다. 지금 당장은 힘들지만 몇 년 후 좋은 대학만 가면 다 해결될 거라는 희망 말이다. 그래서 오늘을 희생하는 것에 대해 의문을 갖지 않게 했다. 내일의 희망을 위해 오늘을 희생하는 걸 어느새 당연하게 여기게 된 것도 그 탓이었다.

"지금 당장은 모든 게 무너질 것처럼 힘들지만 조금만 마음을 가다듬고 때를 기다리면 아마도 청년이 원하는 일을 찾지 않을까 생각해요."

잿빛 머리 아저씨가 차분한 어조로 달래듯 조심스레 말을 꺼냈다. 그러자 청년은 기다렸다는 듯이 아까보다는 더 빠르게 말을 이었다.

"정말 그럴까요? 솔직히 저는 이제 뭘 믿고 힘을 내야 할지 모르겠어요. 저는 사실 어렸을 때부터 책을 좋아했어요. 그런데 중학교 이후로 제가 원하는 책을 한 번도 못 읽었던 것 같아요. 공부나 시험에 필요하다는 책은 거의 다 읽었어요. 시간이 없으니 아예 주요 서적의 요약본을 제공해 주는 서비스를 유료 결재해서 읽기도 했죠. 머리에 쑤셔 박듯이 집어넣었어요. 그렇게 좋아하는 것도 못 하고 공부만 하고 살아왔는데 결과가 이러니까 지금까지 내가 왜 이러고 살았는지 후회가 돼요."

빠르게 말을 내뱉던 청년은 잠시 숨을 몰아쉬었다. 벌갰던 얼굴이 조금씩 가라앉았지만 약간 술 냄새를 풍겼다.

"오늘 여기에 온 것도 그것 때문에 왔어요. 어차피 집에 가 봤자 분위기도 안 좋을 것 같고, 생각해 보니 어렸을 때 마음이 힘들면 책을 읽었던 게 떠올랐어요. 게다가 방이 있다고 하니까 편하게 책을 보고 가는 것도 좋겠다 싶었거든요. 그런데 맥주까지 있으니 좋네요."

말끝에 청년은 헤헤 소리가 나도록 웃었다. 잿빛 머리 아저씨도 따라 웃어 주었다. 두 사람이 동시에 웃으니 괜스레 내 마음도 편해졌다.

"난 사실 퇴직을 앞두고 있어요. 퇴직하면 하고 싶은 일 하며 자유롭게 살아야겠다고 생각했는데 막상 그 시간이 닥쳐오니까 너무 착잡해요. 인생 다 끝난 것 같고, 곧 죽을 일만 남은 것처럼 불안하고…. 그래서 마음을 추스르려고 여기 왔어요. 나도 집에서는 내색 않고 싶은데 그대로 가면 내 생각을 정리하기 힘들 것 같아 이곳에 들어온 거죠."

두 사람의 이야기를 듣다 보니 내가 책방에 머무는 이유가 왠지 부끄러웠다. 책방에 걸맞게 책을 읽고 자신의 인생을 돌아보려

온 두 사람과는 달리 나는 사은품 하나 얻기 위해 온 거라 행여 말을 시킬까 봐 겁이 났다.

"학생은 늦은 시간까지 이곳에 있으면 부모님이 뭐라고 하지 않나요?"

역시나 잿빛 머리 아저씨가 물었다.

"네, 독서실에 있는 줄 알아요."

"아, 너 거짓말하고 왔구나!"

청년이 얼른 내 말을 받아쳤다.

"그, 그건 아니고…."

아니라고 말을 하고 싶은데 뒷말이 궁색했다. 어떻게 말해도 청년이 말한 대로 나는 엄마에게 거짓말하고 온 건 맞으니까. 의도하지는 않았지만 두 사람의 속내를 들은 마당이니, 어쩐지 나도 내 이야기를 꺼내야 할 것 같았다.

"저는요, 멀어진 친구와 다시 친해질 건지 말 건지 고민하고 있어요."

"아, 그래서 이곳에서 책 보면서 결정하려고 했구나!"

"그래, 지금 생각은 어때요? 오늘의 책이 도움이 됐어요?"

청년과 잿빛 머리 아저씨가 동시에 물었다. 순간 뭐라고 대답을 해야 할지 생각이 나지 않았다. 역시 임기응변으로 모면하려고 하면 옹색해지는 때가 오는 게 맞나 보다.

"음, 아직 잘 모르겠어요. 사실 전…."

잠깐 말을 멈췄다. 처음 보는 사람들 앞에서 굳이 솔직할 필요가 있을까 생각해 봤다. 그렇다고 거짓말을 해도 되는 건 아닌 것 같았다.

"저는 그러니까, 어쩌면 그 친구와 다시 친해지고 싶기는 했던 것 같아요. 오늘 여기에 있는 것도 그 친구와 저 사이에 매개체가 필요해서 그걸 얻으려고 왔거든요."

"매개체? 그게 뭔데?"

잿빛 머리 아저씨도 반말을 안 하는데 청년은 자꾸 반말을 했다. 그런데 이상하게 그렇게 거슬리지는 않았다. 은근 미워할 수 없는 친화력 때문에 나도 즉각즉각 대답이 나왔다.

"가방이요. 혹시 핑크래빗백 들어 보셨어요?"

"아, 그거? 들어 봤지. 그런데 그걸 여기에서 어떻게 얻는다는 거야? 설마 이 책방에서 그걸 사은품으로 줘? 그건 별다방에서 주는 거 아니야?"

청년이 흥분해서 반응하는 반면에 잿빛 머리 아저씨는 어리둥절한 표정으로 나와 청년을 번갈아 봤다.

"이 골목 맞은편에 거기 지점이 있어요. 우리 동네에 있는 별다방에는 사람들이 많이 와서 그 지점에 가려고요."

"아하! 그러니까 여기서 밤새 있다가 새벽에 일찍 줄을 서려는 거구나. 그런 건 세상 한가하고 할 일 없는 사람들이나 챙기는 줄 알았는데, 학생들도 하는구나."

"네? 뭐라고요?"

내가 청년의 말이 거슬려서 바로 되받아쳤다.

"쏘리쏘리! 그렇다기보다는 그냥 상술에 넘어가는 사람들이 좀 그랬거든. 그 가방이 뭐라고 새벽부터 줄을 서나 싶어서."

홍조가 다 가신 얼굴로 청년은 배시시 웃었다. 웃을 때는 얄미움이 사라질 정도로 순박해 보여 더는 뭐라 하지 않았다.

"학교 다닐 때는 친구가 중요하긴 하죠. 그건 어른이 돼서도 마찬가지지만 학창 시절만큼 친구의 비중이 클 때도 없는 것 같아요. 사회생활을 할 때는 친구라고 여기는 사람들이 그렇게 많지 않으니 무슨 일이 있어도 무시하고 넘어가면 되는데 학창 시절에는 그렇지 않잖아요."

잿빛 머리 아저씨의 말에 내가 고개를 끄덕였다.

"그리고 무엇보다 이권이 작용하지 않는 순수한 관계는 학창 시절에나 있다 보니 친구가 중요해요. 하지만 이 책에서는 '세상에 당연한 것은 없다'고 하더라고요. 나이 먹으면 당연히 결혼해야 하고, 결혼했으니 당연히 애 낳아야 하고, 남들 다 집 샀으니 빚내서 집 사야 하는 건 아니에요. 그러니 학창 시절에 친구를 사귀는 건 필요하지만 거기에 꼭 얽매일 필요는 없다는 거예요."

잿빛 머리 아저씨 말을 들어 보니 아까 그런 구절이 있었던 것 같기는 하다. 그런데 나는 그 구절을 읽으면서도 나에게 적용시킬 생각은 못 하고 그냥 좋은 말로만 넘겼는데, 잿빛 머리 아저씨는 달랐다. 역시 책은 보는 사람마다 느낌도 다르고 생각도 다르다더니, 이런 것 때문인가? 구구절절 책에 대해 말을 하는 건 아니지만 그래도 잿빛 머리 아저씨 말을 들으니 한 권의 책을 읽고 이야기를 나누는 것도 나쁘지 않은 것 같았다.

'아, 그래서 오늘의 책을 읽으라고 한 건가? 손님들끼리 이야기 나누라고?'

"친구는 결이 맞아야 오래가요. 마음에서 불편한 마음이 자꾸 들면 그 친구는 어쩌면 나와 맞지 않을 수도 있어요. 그렇다면 결국 그 친구와는 언젠가 멀어질 수밖에 없지요. 그것이 아니어도 '시절 인연'이라는 게 있어서 정말 친했던 사람도 어느 사이에 멀어지기도 하니까 혹시라도 친구 때문에 힘들다면 조금만 더 여유 있게 생각해 봐요."

잿빛 머리 아저씨가 조금은 길게 말한 후 빙그레 웃었다. 왠지 위로가 되면서 편해지는 웃음이었다.

"저도 그 구절을 읽었는데, 왜 그 구절을 저한테 적용을 못 시켰을까요?"

"원래 남의 일은 잘 보여도 내 일은 잘 안 보이는 법이거든요. 아이코! 이제 보니 나야말로 그 구절을 나한테 적용을 못 시키고 학생한테만 적용을 시켰는데요?"

잿빛 머리 아저씨가 무릎을 탁 치며 어이없어했다. 그러자 청년이 얼른 잿빛 머리 아저씨를 향해 물었다.

"그게 뭔데요?"

"당연함 말이에요. 우리 인생에 당연함이란 없다고 해 놓고 나는 퇴직 후의 인생이 당연히 비관적일 것이라 생각하고 있었잖아요. 나야말로 남 일에만 눈이 밝고 나한텐 어두웠네요. 허허허."

그때 주인아저씨가 계피향을 풍기며 차를 세 잔 챙겨 왔다.

"재밌게 이야기하는데 방해가 됐는지 모르겠네요. 기분 전환 겸 따뜻한 꿀계피차를 가져왔습니다. 이건 서비스입니다."

주인아저씨는 먼저 찻잔 하나를 들어 잿빛 머리 아저씨에게 내밀고, 그다음 청년과 내 순서대로 돌렸다.

"아까 맥주 마셨는데 차를 또 주시는 건가요? 그럼 남는 게 없을 것 같은데요. 그렇지?"

내가 쳐다보고 있어서 그런지 청년이 동의를 구했다. 사실 나도 그 생각을 하고 있었던 터라 머리를 끄덕여 줬다.

"음, 그렇게 따지면 오밤중에 책방을 여는 것만큼 실속 없는 것도 없죠. 안 그런가요? 하하! 이 차는 저희 집에 오신 손님들께 드리는 작은 선물이니 신경 쓰지 마세요."

"어쨌든 고맙습니다, 사장님. 덕분에 책도 편안히 읽고 나름 생각도 정리하고 가서 좋은데, 정말 이렇게 장사하면 가게 유지는 할 수 있나요?"

잿빛 머리 아저씨도 의문이 드는지 차 한 모금을 마신 후에 물었다.

"네, 괜찮아요. 사실 이 가게는 예전에 부모님이 살던 집을 개조해서 만든 거라 가겟세도 안 나가요. 그리고 무엇보다 제가 책으로 인해 인생이 바뀐 사람이라 다른 사람에게도 그런 일이 생겼으면 하는 마음으로 책방을 열었어요. 제가 선별한 책뿐만 아니라 이곳에 있는 책을 통해 무언가 마음의 평안을 얻거나 힘을 얻는다면 그것만큼 보람도 없을 것 같아요. 그러니까 필요하실 때는 언제든 와 주세요."

주인아저씨는 그 말을 하고 나서 바로 자리를 떴다. 책으로 인생이 바뀌었다는 말이 솔깃해 어떻게 바뀌었는지 궁금했는데 결국 못 물어봤다. 이건 어쩐지 다시 오라는 말로도 들렸다. 다음에 또 올 수 있을까? 머릿속으로 헤아려 보았지만 답은 나오지 않았다. 뭐랄까, 다음번에 이곳에 오면 이 책방은 존재하지 않을 것 같은 느낌이랄까? 사실 이곳은 세상에 존재하지 않는, 시공간의 틈에 끼어 우연히 내 눈앞에 나타난 그런 곳이 아닐까 싶을 정도로 신비한 곳이었다.

그사이 시간이 꽤 흘렀다. 무심코 창문을 찾다가 아까 들어오기 전에 봤던 주의 사항이 떠올랐다. 시계도 없었으니 휴대 전화 액정 화면을 바라봤다. 4시였다. 깜짝 놀랐다. 이렇게 시간이 빨리 갈 거라곤 생각도 못 했다. 게다가 평소 집이었다면 진즉에 졸려서 비몽사몽이었을 텐데 졸리지도 않았다. 신기했다.

"여기는 카지노도 아닌데 창문하고 시계가 없는 게 정말 이상해요. 그나마 입구에 거울이 있는 걸 보면 카지노와 구분되기는 하지만요."

"이건 사장님의 고도의 계산이 아닐까 싶어요. 원래 카지노에 창문하고 시계가 없는 건 시간 가는 줄 모르고 게임하라는 뜻이거든요. 거울이 없는 건 도박에 미쳐 피폐해진 자신의 모습을 보지 말란 뜻도 되고. 그런데 여긴 두 가지는 없고 거울은 있는 걸 보면 시간 가는 줄 모르게 책에 빠졌다가 돌아가는 길에 자신의 모습을 비춰 보라는 뜻 같네요."

잿빛 머리 아저씨의 말을 듣고 보니 그럴듯했다. 처음에는 그 두 가지가 없어서 약간 불편하다고 생각했는데 잿빛 머리 아저씨가 말한 뜻이 맞다면 그것 또한 멋져 보였다. 청년도 맞장구를 쳤다. 역시 보통 책방과는 격이 다르다며 다음에도 꼭 와야겠다는 말을 덧붙였다. 나는 슬슬 일어날 준비를 했다.

"왜 카페 가려고?"

내가 일어나는 걸 보고 청년이 물었다. 솔직히 카페보다는 집으로 가고 싶은 마음이 컸다.

"그냥 집으로 가려고요."

"왜? 가방 받으려고 여기까지 와 놓고 그냥 간다고? 그러지 말고 카페에 가서 가방 받아서 가. 가지고 싶었던 건 가져 봐야 미련이 없고 마음이 정리가 되거든. 안 그럼 계속 끌려다니게 돼."

청년은 그 말을 해 놓고 본인이 생각해도 그럴듯했는지 씨익 웃었다. 아까 울먹인 것을 생각하면 그다지 멋있어 보이지는 않았다. 그런데 심야 책방에 오는 사람들은 갑자기 현자가 되는 건가? 왜 이렇게 다들 그럴듯한 말을 해서 사람 마음을 흔들리게 하지? 나는 멀뚱히 서 있다가 그냥 꾸벅 인사를 했다.

"먼저 가 볼게요."

잿빛 머리 아저씨는 오늘의 책 말고 다른 책을 보다가 손을 들어 인사를 했다. 청년도 빙긋 웃으며 "잘 가!" 하고 인사했다.

책방을 나서기 전 입구에 걸려 있는 거울을 봤다. 카지노에는 없고 책방에는 있는 거울 속 내 모습이 이상하게 피곤해 보이지 않았다. 밤을 샜는데 이렇게 멀쩡해 보이기는 또 처음이었다. 주인아저씨는 보이지 않았다. 나는 아까 책방에 들어오면서 봤던 심야 책방 소개글을 다시 한번 봤다.

> ### 당신이 읽을 책과 밤이 있는 곳!
> 내 집처럼 편안히 책을 보고, 차나 맥주를 마실 수 있어요.
> 밤과 밤 사이 당신이 원하는 만큼 머물다 가세요.
> 영업 시간: PM 7시 ~ AM 7시

내 입가에 잔잔한 미소가 그려졌다. 문을 밀기 전 잿빛 머리 아저씨와 청년이 있는 곳을 봤다. 두 사람은 의자에 기대어 눈을 감고 있었다. 너무 긴 시간을 깨어 있었으니 그럴 만도 했다. 나는 그들이 보건 말건 다시 한번 머리를 꾸벅 숙이고 밖으로 나갔다. 어둠이 서서히 걷히고 있는 새벽 여명의 거리가 지난번과는 다르게 무섭게 느껴지지 않았다.

"이거 어디서 생겼어?"

엄마가 생글생글 웃으며 내가 줄 서서 받아 온 핑크래빗백을 들고 물었다. 청년의 말대로 가지고 싶던 물건이라 일단 받아 왔다.

"독서실에서 오던 길에 별다방이 있어서 받아 왔어. 별을 다 모았었거든."

"이거 생각보다 이쁘다! 엄마 친구도 이거 하나 얻겠다고 새벽에 나갔다가 못 샀다고 투덜대던데."

"정말 사람들 장난 아니게 부지런하더라고. 나도 이거 마지막 딱 하나 남은 거 받은 거야. 근데 막상 받고 보니까 그냥 그래."

내가 대수롭지 않다는 듯 말하자 엄마가 눈을 동그랗게 뜨고 의외라는 표정을 지었다.

"엄마, 나 들어가서 좀 잘게. 알람 맞추고 일어날 테니까 안 깨워 줘도 돼. 시험공부는 점심 먹고 더 할게."

말을 마치고 내 방으로 들어가려 하자 등 뒤에서 약간 기대 어린 엄마의 목소리가 들렸다.

"야. 이거 안 가져가? 왜? 예쁜데?"

"난 괜찮아. 예쁘면 엄마 해."

"진짜로? 엄마가 써도 돼? 네가 가지려고 어렵게 받아 온 거 아니야?"

말은 아닌 척하지만 엄마의 목소리 끝에는 아이 같은 설렘이 묻어났다. 나는 엄마가 안심하도록 몇 번이나 괜찮다는 말을 했다. 정말 괜찮았다. 사실은 정말 어렵게 구했지만 저 가방이 내 손에 들어오는 순간, 그저 그런 가방처럼 느껴졌기 때문이다.

"오호호! 내가 우리 딸 덕분에 난데없이 득템했네. 고마워."

엄마가 핑크래빗백을 들고 안방으로 들어갔다. 곧 엄마 친구에게 전화하는 소리가 안방 밖까지 비집고 나왔다. 어쩌다 효도를 했다 싶었다.

잠시지만 저 가방을 갖기 위해 노력했던 순간들을 떠올렸다. 새벽에 일어나 별다방에 나가서 줄을 섰던 일과 악착같이 손안에 넣겠다고 심야 책방에까지 머물렀던 일이 스쳐 지나갔다. 그토록 간절했던 물건이었는데 너무 쉽게 엄마한테 준 건 아닐까?

하지만 미련은 없었다. 심야 책방에서 만난 청년의 말처럼 가지고 싶었던 물건을 가져 본 거로 족했다. 신기한 것은 마음에서 뾰족하니 도사리고 있던 해미에 대한 미련도 옅어졌다는 거다. 마치 핑크래빗백처럼 별 상관이 없어져 버렸다. 잿빛 머리 아저씨 말대로 결이 맞지 않는 건 언제고 다시 깨질 거니까.

그 생각을 하니 이제 내 것이 아닌 핑크래빗백에도, 해미에게도 연연해하고 싶지 않았다. 대신 지금부터 푹 잘 거다. 그리고 시험 기간이 끝나면 편한 옷을 입고 한 번 더 그곳을 가 볼 것이다. 밤과 밤 사이, 내가 원하는 만큼 머물 수 있는 심야 책방으로.

어느 날 갑자기
책방 유령

정
명
섭

"또 책 읽어?"

이든이 주변을 얼쩡거리면서 묻자 리아가 짜증을 냈다.

"책 좀 읽자."

"그런 재미없는 책을 읽어서 뭐 하게. 나랑 PC방 가자."

"난 PC방이 더 재미없어. 그리고 도서실에서는 조용해야지."

리아가 학교 도서관에서는 조용히 있어 달라는 표지판을 가리켰다. 하지만 이든은 개의치 않고 떠들었다.

"어차피 책 읽으러 오는 건 너밖에 없잖아."

이든의 놀림에 리아가 한숨을 쉬면서 책을 도로 펼쳤다. 그걸 본 이든이 입을 삐죽 내밀었다.

"나는 세상에서 책 읽는 게 제일 싫어."

"그래서 '오후의 햇살'에 가서 책을 사는 척하면서 그렇게 낙서하고 온 거야? 초딩도 그런 짓은 안 하겠다."

그러자 뜨끔해진 이든이 딴청을 피웠다.

"내가 언제?"

"책을 사려고 펼쳤더니 붉은 펜으로 낙서가 되어 있어서 예진 언니에게 얘기했어. 딱 봐도 네 글씨라서 내가 다 창피하더라. 새 책을 망가트렸으니까 배상해야 하는 건 알지?"

머쓱해진 이든은 얼굴을 살짝 찡그렸다.

"어차피 팔리지도 않을 책인데, 뭘."

"그렇다고 낙서를 하면 어떡해? 중학생이 되었으면 제발 정신 좀 차려!"

"내가 뭐 어때서? 그리고 솔직히 거기 마음에 안 들어. 책방이면 책만 팔아야지 성깔 더러운 고양이도 키우잖아."

"그 고양이 착해. 네가 괴롭히니까 그러는 거지."

"그러고 보니 너랑 이름도 비슷하네. 책방 고양이 이름이 알리나지? 네 동생이야?"

리아가 책을 들어서 던지려는 시늉을 하자 이든은 잽싸게 문쪽으로 도망쳤다. 그리고 문을 닫으면서 소리쳤다.

"나는 PC방 가서 재미있는 게임 할 거다!"

도서실 문을 쾅 소리가 나게 닫아 버린 이든은 계단을 내려와 건물을 나온 뒤, 운동장을 가로질러서 교문으로 뛰어갔다. 야트막한 내리막길인 중학교 교문은 비스듬히 지나가는 도로와 닿아 있었다. 길 건너 새로 오픈한 PC방이 있는 상가 바로 옆 상가에 아까 리아가 얘기한 '오후의 햇살' 책방이 보였다. 책방도 아기자기하게 잘 꾸며진 데다 책방 주인인 예진 누나가 친절해서 학부모와 아이들이 종종 들르는 곳이었다. 하지만 책을 싫어하는 이든은 처음부터 그곳을 싫어했다. 그래서 리아 말대로 괜히 들러 책을 사는 척 하면서 낙서를 하고 도망치기도 했다.

PC방을 가기 위해 그 앞을 지나가야만 했던 이든은 고개를 돌린 채 도로를 건너며 짜증을 냈다.

"흥, 책 따위…."

고개를 돌린 탓에 앞에서 과속으로 달려오는 차를 보지 못했다. 위험하다는 외침이 메아리처럼 들려오는 가운데 이든은 정신을 잃고 말았다.

"아, 씨!"

정신을 차린 이든은 뻐근해진 목을 부여잡고 눈을 떴다. 차에 치인 것 같다는 생각을 하면서 방 안을 둘러본 이든은 눈앞에 펼쳐진 비현실적인 광경에 아무 말도 하지 못했다.

"저게 뭐야, 지금?"

병원 침대 위에 산소 호흡기를 낀 자신이 누워 있고, 그 옆에 엄마와 아빠가 침통한 표정으로 서 있는 게 보였다. 그 뒤로는 의사와 간호사들이 바쁘게 움직이고 있었다. 잠시 후, 의사의 목소리가 들렸다.

"아드님이 의식 불명에 빠졌습니다. 죄송합니다."

그 얘기를 들은 엄마가 털썩 무릎을 꿇더니 침대에 얼굴을 파묻고 흐느꼈다. 자신이 의식을 잃고 있는 걸 직접 눈으로 본 이든은 놀랍고 어이가 없었다.

"엄마! 아빠! 나 여기 있어요!"

이든은 소리쳤지만 엄마, 아빠에게는 들리지 않는 듯했다. 그때 옆에서 나지막하게 투덜대는 목소리가 들렸다.

"아우, 시끄러워. 조용히 좀 해."

놀란 이든이 옆을 바라보자 빨간 머리에 오동통한 배, 그리고 쉴 새 없이 펄럭거리는 작은 날개를 가진 아이가 보였다. 가끔 유튜브에서 봤던 외국 장난감 인형 같기도 하고, 날개 달린 것을 보니 어릴 적 만화 영화에서 본 큐피트 신 같기도 했다. 어쨌든 정체불명의 그 아이가 팔짱을 낀 채 이든을 보고 있었다.

"너 뭐야?"

"뭐긴, 천사지."

얼떨떨해진 이든이 중얼거렸다.

"이거 무슨 게임 같은 거지? 새로 나온…."

이든의 말에 한심한 표정을 지은 아기 천사가 침대 쪽을 바라보며 물었다.

"넌 이게 게임으로 보이니?"

울부짖고 있는 엄마와 상처투성이가 된 채 침대에 누워 있는 자신을 본 이든이 떨리는 목소리로 물었다.

"내가 지금 죽은 거야?"

"비슷하지."

아기 천사의 말을 들은 이든은 비로소 자신에게 무슨 일이 일어났는지 깨달았다.

"비슷하다니?"

놀란 이든에게 아기 천사가 대답했다.

"정확히 말하자면, 아직 죽지는 않았어."

"그럼?"

"의식 불명인 상태야."

"저러다 죽는 거야?"

"보통 죽기 전 단계이긴 해. 결정이 내려지면 하늘로 올라가는 거지."

비로소 자신의 처지를 깨달은 이든은 엉엉 울고 말았다.

"내가 왜 죽어…요? 난 이제 겨우 열네 살인데요?"

상황 파악을 한 이든이 아빠와 엄마에게도 하지 않는 존댓말로 묻자 아기 천사가 짜증을 냈다.

"무단 횡단을 했으니까. 그 탓에 내 일이 복잡해졌어."

"무슨 소리예요?"

"넌 아직 죽을 때가 아니거든. 그런데 예상치 못한 사고가 나버린 거야."

"그, 그럼 살 수 있는 거예요?"

갑자기 희망이 생긴 이든의 물음에 아기 천사가 얼굴을 찡그리며 말했다.

"이미 육체랑 영혼이 분리되어 버렸잖아. 몸에서 빠져나온 영혼이 다시 돌아가는 게 쉬운 일은 아니지."

아기 천사는 이든이 갑자기 차에 치이는 바람에 하늘로 데려갈 수도 없고, 그냥 육체로 돌려보낼 수도 없는 난감한 상황이라고 했다. 이든은 큰 충격에 빠졌다.

"잘못했어요. 저 다시 돌아가게 해 주세요. 엄마, 아빠 말 잘 듣고 착하게 살게요."

이든이 눈물을 쏟으며 하소연을 했지만 아기 천사는 고개를 절레절레 흔들었다.

"다시 몸으로 돌아가려면 복잡한 절차를 거쳐야 해. 그리고 절차가 진행되는 동안 한곳에 머물면서 얌전히 기다려야 해. 착한 일을 하면서."

"그러면 돌아갈 수 있어요?"

울음을 멈추고 눈을 번쩍 뜬 이든의 물음에 아기 천사가 난감한 표정을 지었다.

"사실 좀 어렵긴 하지만, 뭐, 가능성이 없는 건 아니니까."

그러면서 손을 내밀어서 이든의 팔을 잡았다. 그러자 순식간에 주변의 풍경이 변했다. 사방이 하얀 벽인 병원이었는데, 아기자기한 커튼과 책장이 나타났고, 작고 예쁜 인형들이 보였다.

이든은 어딘지 익숙해 보이는 그곳을 보며 어리둥절해했다.

"아는 곳 같은데요?"

옆에 있던 아기 천사가 이든의 팔을 잡고 바닥으로 내려왔다. 하얀 페인트로 칠해진 문을 본 이든은 그곳이 비로소 어디인지 알아차렸다.

"오후의 햇살이잖아."

책을 싫어하는 이든에게는 끔찍한 장소였다. 거기다 얼마 전에 와서 책에 낙서까지 하고 간 기억 때문에 당장이라도 책방 밖으로 뛰쳐나가고 싶었다. 하지만 문 쪽을 쳐다보는 이든에게 아기 천사가 고개를 흔들며 말했다.

"책방 밖으로 나가면 절대 안 돼. 여기서 착하게 지내야만 좋은 결과를 기대할 수 있다는 걸 명심해."

"착하게 지내지 않으면요?"

이든의 물음에 아기 천사가 혀를 찼다.

"영혼이 영영 사라질 수도 있어."

화들짝 놀란 이든이 책방 안을 돌아보면서 물었다.

"여기서 어떻게 좋은 일을 해요?"

이든의 항변에 아기 천사가 책방을 슥 돌아보고는 심드렁하니 대답했다.

"사람들에게 알맞은 책이나 추천해 주든지."

"읽어 본 적이 없는데 어떻게 책을 찾아 주라는 거죠?"

"앞으로 시간 많을 거야."

귀찮다는 듯 대꾸한 아기 천사의 말에 이든은 다급해졌다. 교통사고가 나서 육체와 영혼이 분리되었다는 황당한 현실도 모자라 끔찍하게 싫어하는 책방에서 갇혀 지내야 한다는 사실에 충격을 받은 것이다.

"날 혼자 두고 가지 말아요."

이든이 눈물을 글썽글썽하며 하소연을 하자 난감해하던 아기 천사가 말한다.

"겁먹기는! 여기 네 조수가 있으니까 걔랑 얘기해 봐."

"그게 누군데요?"

아기 천사가 가리킨 책장에는 고양이 한 마리가 나른한 표정으로 누워 있었다. 이든이 지난번 책방에 와서 괴롭혔던 고양이 알리나였다. 눈을 반쯤 감고 있던 알리나가 살짝 고개를 들더니 혀로 입술을 핥으며 인사했다.

"안녕."

"고, 고양이가 말을 해?"

놀란 이든에게 아기 천사가 대답했다.

"고양이들은 수십 번 환생하기 때문에 나 같은 천사들의 조수 노릇을 할 때가 많아."

아기 천사의 소개를 받은 고양이 알리나가 심드렁한 목소리로 대꾸했다.

"잘 지내 보자. 내 이름은 알지?"

알리나가 천연덕스럽게 말을 건네자 이든은 더 놀라서 입을 다물지 못했다. 그런 이든에게 날개를 펄럭거리며 허공으로 날아오른 아기 천사가 말했다.

"완전 죽는 것보다는 낫잖아. 그럼 다시 찾아올 때까지 착하게 지내. 그리고 명심해."

아기 천사가 책방의 문을 가리키며 덧붙였다.

"문 밖으로 나가면 네 영혼은 그 순간 소멸될 거야. 말썽을 피워도 마찬가지고."

그렇게 아기 천사가 떠나고 이든은 졸지에 그렇게 싫어하는 책방을 떠도는 유령이 되고 말았다.

"아우, 따분해."

이든이 창문으로 쏟아져 들어오는 햇살을 보면서 중얼거리자 옆에 누워 있던 알리나가 앞발을 핥으면서 대꾸했다.

"할 일을 찾아봐."

"게임하고 싶고, 유튜브도 보고 싶고, 친구들이랑 채팅도 하고 싶단 말이야."

"그건 살아 있을 때나 할 수 있는 거고."

알리나의 심드렁한 대답에 삐친 이든은 앉아 있던 책장에서 훌쩍 뛰어내렸다. 영혼 상태로는 몸에 무게감이 없기 때문에 책장이든 어디든 쉽게 올라갈 수 있었다. 당연히 거울에도 비춰지지 않았다. 예진 누나를 비롯해서 오후의 햇살에 드나드는 그 누구도 이든을 보지 못했다.

또 한 가지, 다른 유령들은 벽을 마음대로 통과할 수 있었지만 이든은 그러지 못했다. 거기다 뭔가를 건드리면 넘어지거나 쓰러지면서 소리가 났다. 그때마다 사람들은 유령이 있는 거 아니냐며 깜짝깜짝 놀라곤 했다.

책방 안에서 이든은 처음에 아무것도 하지 못하고 가만히 있었다. 난생처음 겪는 상태라서 불안하고 괴로워서 미칠 지경이었다.

하지만 시간이 흐르면서 그런 감정들이 가라앉자 무료함과 짜증만 남았다.

"영화 보면 유령은 하늘도 날고, 초능력도 생기고 그러던데, 이게 뭐야?"

책방 안을 돌아보면서 투덜거리던 이든은 창가에 놓인 테이블에 앉아서 턱을 괸 채 바깥을 바라봤다. 6월의 따뜻한 햇살이 거리에서 반짝였다. 이든은 또다시 입을 삐죽거렸다.

"아니, 서점 이름이 오후의 햇살인데 여긴 왜 이리 우중충해?"

그 순간 이상한 파장 같은 게 느껴졌는지 카운터에 앉아서 뜨개질을 하던 예진 누나가 놀란 표정으로 이든이 앉아 있는 창가 쪽을 바라봤다. 장난기가 발동한 이든은 테이블에 진열되어 있는 책을 펼친 다음에 차르륵 넘겼다.

눈을 동그랗게 뜬 예진 누나가 잔뜩 긴장한 표정으로 다가오자 이든은 책을 탁 덮고 살짝 옆으로 빠져나왔다. 그리고 뒤쪽으로 돌아가서 책장에 꽂혀 있는 책을 빼서 바닥에 떨어뜨렸다. 뒤에서 책이 떨어지는 소리를 들은 예진 누나는 깜짝 놀란 표정으로 돌아봤다.

"뭐지? 진짜 유령이 있나 봐."

부들부들 떠는 예진 누나의 혼잣말을 들은 이든은 배를 잡고 웃었다. 그러면서 팔로 책장을 흔들자 책들이 우수수 떨어졌다. 파랗게 질린 예진 누나가 황급히 휴대 전화를 챙겨 밖으로 도망치듯 나갔다. 그 모습을 본 이든은 신이 나서 방방 뛰다가 갑자기 어지러움을 느꼈다. 양손으로 머리를 움켜쥔 이든이 중얼거렸다.

"영혼한테 빈혈이 웬 말이야? 아니면 두통인가?"

책장에서 훌쩍 뛰어내려서 이든의 옆에 살짝 안착한 알리나가 꼬리를 흔들며 말했다.

"그건 빈혈이나 두통이 아니야."

"그럼?"

"영혼의 힘이 약해지는 거지."

말도 안 된다고 대꾸하려던 이든은 무릎에 힘이 빠지면서 바닥에 풀썩 주저앉고 말았다. 팔과 다리가 창백해지면서 흐릿해졌다. 놀란 이든이 힘없는 목소리로 물었다.

"나 왜 이래?"

알리나가 한심하다는 표정으로 대답했다.

"네 영혼과 책방이 연결되어 있으니까."

"나랑 이 책방이?"

이든이 고개를 들어 보기 싫은 책들로 가득한 책방을 바라봤다. 책방 주인인 예진 누나가 뜨개질로 직접 만든 인형과 장식들이 아기자기하게 장식되어 있지만 꼴 보기 싫은 건 마찬가지였다. 아무 말도 못 하는 이든에게 알리나가 꼬리를 흔들며 말했다.

"하늘로 가지 못한 영혼은 특정 장소와 연결돼 묶여 있어."

"내 영혼이 이 책방과 연결되어 있다고? PC방이 아니라?"

이든의 짜증 섞인 물음에 알리나가 고개를 저었다.

"그건 아기 천사 맘이지. 어쨌든 이곳이 비거나 사라지면 네 영혼도 약해지거나 사라져."

"그럼 어떻게 되는데?"

"사라지는 거야, 그냥. 공기처럼."

알리나의 말에 비로소 현실을 깨달은 이든은 얼굴이 파랗게 질렸다.

"그러니까 말썽 같은 거 부리지 마."

알리나는 꼬리를 흔들며 경고하고는 새침하게 돌아섰다.

알겠다고 대답할 힘도 없어진 이든이 한숨을 쉬는데 문이 열리는 소리가 들렸다. 문 위에 작은 종을 달아 놔서 열릴 때마다 딸랑거리는 소리가 났다.

이든은 예진 누나가 돌아온 줄 알고 반가워하며 돌아보았다. 하지만 낯선 사람이 들어온 것을 보고 그대로 굳어 버렸다. 초등학생쯤 되는 남자아이가 엄마와 손을 잡고 들어와서는 책방을 여기저기 살펴봤다. 한 손에 휴대 전화를 든 아이 엄마가 말했다.

"주인이 자리를 비웠나 봐."

"그럼 책 못 사는 거야?"

남자아이가 실망하며 묻자 아이 엄마가 휴대 전화를 그대로 들여다보면서 대꾸했다.

"책 사서 뭐 하게? 집에 꽂을 곳도 없는데."

"그래도 사고 싶어."

"읽지도 않을 거면서. 사고 싶은 거 있는지나 봐."

엄마의 말이 떨어지자 남자아이는 쪼르르 책장으로 달려갔다.

그리고 평대에 놓여 있는 동화책을 하나씩 살펴봤다.

그 순간 이든은 투명해졌던 팔과 다리가 어느 정도 원래대로 돌아온 것을 보았다. 놀란 이든이 어느 틈엔가 테이블 위로 올라간 알리나를 바라봤다. 옆으로 누운 알리나는 벌써 눈을 감은 채 잠을 자고 있었다.

"네 말이 맞았어."

이든은 자리에서 벌떡 일어나 책을 고르고 있는 남자아이에게 다가갔다. 무슨 파장 같은 걸 느꼈는지 책을 고르던 남자아이가 주변을 두리번거렸다. 이든이 그런 남자아이에게 외쳤다.

"신경 쓰지 말고 책을 사, 얼른."

하지만 남자아이는 겁에 질린 표정으로 책을 던지다시피 내려놓고는 책방 입구에 서 있던 엄마에게 달려갔다. 아들이 다가와서 손을 잡아끌자 휴대 전화에서 눈을 뗀 엄마가 물었다.

"왜? 살 책 없어?"

"응, 빨리 나가자. 여기 이상한 거 같아."

아들의 얘기를 들은 엄마가 이든이 서 있는 쪽을 바라보더니 고개를 갸웃거렸다.

"뭐가 이상하다는 거야?"

하지만 남자아이가 손을 계속 잡아끌자 아이 엄마는 미련 없이 바로 돌아서서 책방을 나가 버렸다. 그걸 본 이든은 발을 동동 굴렀다.

"멍청하긴! 책방에 왔으면 책을 사야지!"

이든이 소리를 지르자 테이블 위에서 자고 있던 알리나가 꼬리와 함께 머리를 들었다.

"책방에 와서 책에 낙서하고 고양이 괴롭히던 네가 할 이야기는 아닌 거 같은데?"

알리나의 말에 양심이 찔린 이든은 어물쩍 한숨을 쉬는 것으로 넘어갔다. 다시 팔을 내려다보니 아까보다는 많이 나아졌지만 여전히 투명했다.

"이러다가 진짜 영혼이 없어져 버리면 다시 몸으로 돌아가지 못하는 거잖아."

침대에 엎드려서 우는 엄마와 그 옆에 침통한 얼굴로 서 있던 아빠의 모습을 떠올린 이든은 갑자기 막막해졌다. 그러고 보니 영혼이 되어서 책방에 온 이후로 누군가 책을 사는 걸 본 적이 없었다.

어떻게 하나 한숨을 쉬고 있는데, 다시 문이 열리는 소리가 들렸다. 이번에는 예진 누나가 들어왔다. 반가운 마음에 벌떡 일어난 이든은 예진 누나가 백발의 할머니와 함께 들어오는 걸 보고는 고개를 갸웃했다.

"손님은 아닌 것 같은데…"

지친 표정의 예진 누나가 테이블 옆 빈 의자에 앉자마자 백발의 할머니가 입을 열었다.

"몸은 좀 어때?"

"어지러운 거 빼고는 괜찮아요."

이든은 예진 누나가 뭔가 말을 하려다가 입을 다무는 걸 봤다.

그러자 한 바퀴 책방을 돌아본 백발의 할머니가 혀를 끌끌 차면서 얘기했다.

"누가 책을 사러 오는 걸 못 봤어, 진짜."

"요즘 누가 책을 사겠어요. 사도 온라인 서점에서 사겠죠."

"우리 며느리도 인터넷으로 손자 책을 그렇게 사더라고."

할머니는 이렇게 말해 놓고는 아차 싶었는지 창밖으로 시선을 던졌다.

"벌써부터 찌는 걸 보니 올여름은 덥겠네."

"그러게요."

예진 누나의 힘없는 대답에 할머니가 작심한 듯 본론을 꺼냈다.

"월세 밀린 거 알지?"

그 얘기가 나오자 이든은 백발의 할머니가 건물주라는 사실을 깨달았다.

한숨을 쉰 예진 누나가 대답했다.

"그럼요. 석 달이죠?"

"이제 보름만 더 지나면 넉 달이야."

할머니가 깐깐하게 짚었다.

"이번 달 말에 한 달치 월세만이라도 먼저 드릴게요."

"그래 봤자 또 석 달 밀리잖아. 이렇게 장사 안 되는 책방을 계속 하는 게 도움이 되겠냐 이거지, 내 말은."

"저는 책방을 하는 게 좋아요."

"어디 좋아하는 일만 하고 살 수 있겠어? 월세도 못 내는 거 보면 가져갈 돈도 없는 것 같은데 말이야."

이든은 할머니가 하는 얘기를 들으며 발끈했다.

"아니, 왜 남의 책방에 이래라저래라 간섭이야?"

이든의 얘기를 듣기라도 한 듯 할머니가 말했다.

"내가 괜히 간섭한다고 생각하지 말고. 다 내 딸 같으니까 하는 소리야."

가만히 얘기를 듣던 예진 누나가 한 손으로 이마를 짚으며 말했다.

"안 그래도 고민 중이에요."

"그래, 잘 생각해 봐. 사람이 돈을 벌면서 일을 해야지 돈도 못 벌고 일하면 몸도 상하고 마음도 상한다니까."

예진 누나는 은근한 목소리로 책방 문을 닫으라고 얘기하는 건물주에게 대놓고 아니라고 말을 하지 못했다. 결국 예진 누나가 진지하게 생각을 해 보겠다고 하자 그제야 할머니는 흡족한 표정을 지으며 자리에서 일어섰다.

"그냥 앉아서 돈 날리지 말고, 결정하면 알려 줘. 밀린 월세는 천천히 갚아도 되니까."

얘기를 마친 할머니가 책방을 나가자 주저하던 예진 누나가 따라서 밖으로 나갔다. 둘이 문 밖에서 얘기를 나누는 걸 바라보던 이든이 중얼거렸다.

"예진 누나가 여기 건물주인 줄 알았는데 그것도 아니었네."

어쩌면 그게 제일 큰 문제일지 모른다. 이든은 학교 근처 1층에 책방이 들어온 걸 보고는 건물주일 거라고 지레짐작했었다. 그런데 월세도 몇 달이나 밀리고 책을 사러 오는 손님은 손에 꼽을 정도라니! 거기까지 생각한 이든이 중얼거렸다.

"완전 폐업 각인데?"

예상치도 못한 위기 상황에 처한 이든은 길게 몸을 뻗은 채 태평하게 누워 있는 알리나를 바라봤다.

"여기 문 닫으면 어떻게 되는 거야?"

그때 문이 열리는 소리가 들리면서 예진 누나가 돌아왔다. 고개를 든 알리나가 냉큼 달려가서 예진 누나의 다리에 얼굴을 부볐다. 예진 누나는 알리나를 번쩍 들어서 품에 안았다.

"그래, 너밖에 없다."

예진 누나가 머리를 쓰다듬어 주자 혀를 날름 내민 알리나가 이든에게 말했다.

"행운을 빌어 줄게."

"뭐라고?"

"이상한 소리를 내서 사람들을 놀라게 한 건 너잖아."

"야!"

화가 난 이든이 벌떡 일어나며 소리치자 예진 누나가 깜짝 놀라서 알리나를 빠르게 쓰다듬었다.

"뭐지? 진짜 유령이 있나?"

그때 예진 누나의 품에 얌전히 안겨 있던 알리나가 이든을 향해 이빨을 드러내며 하악거렸다. 그걸 본 예진 누나가 대견스럽다는 표정을 지었다.

"우리 알리나 용감하네. 유령 보면 쫓아내 줘. 알았지? 장사도 안 되는데 유령까지 있는 것 같아서 무서워 죽겠어."

알리나는 걱정 말라는 듯 고개를 들어서 예진 누나를 바라봤다. 천하의 아첨꾼이 따로 없었다. 자기 살길만 찾은 알리나가 얄미웠지만 이상한 소리를 내서 예진 누나를 놀라게 한 건 자기라서 이든도 뭐라고 할 말이 없었다.

알리나를 품에 안은 예진 누나가 카운터 쪽으로 가자 이든은 한숨을 쉬며 바닥에 주저앉았다. 책방이 문을 닫을지도 모른다는 생각에 기운이 쭉 빠졌다.

카운터에서 뜨개질을 하던 예진 누나는 잠시 후 눈을 감고 낮잠을 자기 시작했다. 그 모습을 본 이든은 고개를 절레절레 저었다.

"아이고, 이 상황에 태평하게 잠을 자네."

이든은 초조했다. 이러다 예진 누나가 건물주 할머니의 제안을 받아들여서 책방 문을 닫기라도 한다면 정말 무슨 일이 벌어질 줄 몰랐기 때문이다. 겁이 난 이든에게 알리나가 다가왔다.

"왜? 겁나?"

"그럼 안 무서워? 책방에 갇혀 있는 것도 괴로운데, 이게 없어지면 나도 사라지는 거잖아."

이든의 한숨 섞인 이야기를 듣고 알리나가 앞발로 얼굴을 닦으면서 말했다.

"그럼 책방이 없어지지 않게 하면 되겠네."

"내가 어떻게?"

"일단 책을 좀 읽어 봐."

"싫어!"

"이 와중에도 고집을 부리네, 진짜."

"나는 책이 싫단 말이야."

눈물을 찔끔 흘린 이든이 괴로운 표정으로 말을 이어 갔다.

"어릴 때 우리 엄마가 매일 억지로 책을 읽혔어. 그래서 지금도 책만 보면 머리가 어지럽고 화가 나."

"시간은 앞으로 가는데 왜 자꾸 옛날을 떠올리는 거야?"

알리나의 말에 이든은 제대로 대답하지 못했다.

"누가 책을 한 번에 다 보라고 해? 읽고 싶은 만큼만 읽고 덮었다가 다시 읽으면 되지."

"엄마가 책은 한 번에 읽는 거라고 했는데?"

이든의 얘기를 들은 알리나가 품속으로 파고들어서 그르릉거리는 소리를 냈다.

"인간들은 정말 뭐든 한 번에 끝내려고만 해서 문제야. 바보 같은 소리 하지 말고 따라와 봐."

품에서 쏙 빠져나간 알리나가 구석의 책장으로 가서 위쪽을 가리켰다.

"저기 있는 책 중에 하나만 빼 봐."

"꼭 해야 돼?"

"어서."

알리나의 채근에 이든은 입을 삐죽 내밀면서 책장에 꽂혀 있던 책을 한 권 꺼냈다. 그리고 표지에 적힌 제목을 읽었다.

"일상 탈출 구역?"

"편한 곳에 가서 아무 페이지나 펼쳐서 읽어 봐."

"처음부터 읽는 게 아니고?"

"일단 책을 펼쳐서 읽는 게 중요해. 시작과 끝은 그다음이고."

알리나의 말을 들은 이든은 바닥에 자리를 잡고 앉아 책을 펼쳤다. 그러자 옆으로 다가온 알리나가 그르렁거리면서 말했다

"밥을 씹어 먹는 것처럼 글씨를 하나씩 씹어 봐. 입안에서."

"읽어 보라고?"

"똑똑하네."

칭찬을 받은 이든이 한숨을 쉬고는 펼쳐 놓은 페이지를 읽기 시작했다. 알리나는 책장 위로 뛰어올라가서 앞발을 뻗은 채 이든이 책을 읽는 소리를 들었다.

알리나의 얘기대로 조금씩 책을 읽어 가자 차츰 시간이 늘어났다. 그리고 마침내 책 한 권을 무난히 읽을 정도가 되었다. 그때마다 알리나는 칭찬을 아끼지 않았다. 으쓱해진 이든은 남는 게 시간이라 쉬지 않고 책을 읽었다. 나중에는 오히려 알리나가 걱정할 지경에 이르렀다.

"쉬엄쉬엄해. 어떻게 너는 중간이 없니?"

방금 전까지 읽은 책을 옆에 내려놓은 이든은 다음 책을 집으

면서 대답했다.

"책을 읽는 게 이렇게 재미있는 줄 몰랐어."

그러자 옆으로 다가와서 고양이 세수를 한 알리나가 말했다.

"문제는 요즘 책방에 계속 손님이 안 온다는 거지."

"그러게."

새로 펼친 책을 읽던 이든이 한숨을 내쉬었다. 건물주 할머니는 하루가 멀다 하고 찾아와서 쪼아 댔고, 예진 누나는 안쓰러울 정도로 고민을 했다. 그 와중에 책을 사는 손님은 보이지 않았다. 카운터에 앉아서 뜨개질만 하는 예진 누나를 보며 이든은 안타까움을 감추지 못했다.

영혼이 되어서 책방에서 지내는 건 너무 암담한 일이었다. 분명히 살아 있는데 아무도 신경 쓰지 않는다는 것이 어떤 것인지 이든은 뼈저리게 느꼈다. 그런데 책을 읽게 되면서 그런 불안감들이 점차 사라졌다. 책을 좋아한다는 게 어떤 의미인지도 깨달았다.

그때 문이 열리는 소리가 들리고 지난번에 왔던 남자아이와 엄마와 함께 들어왔다. 이번에는 자리를 지키고 있던 예진 누나가 뜨개질을 멈추고 반갑게 인사를 했다.

"어서 오세요."

"우리 아들이 볼 만한 책이 있을까요?"

아이 엄마가 묻자 예진 누나가 허리를 숙여 남자아이를 바라봤다.

"몇 학년이니?"

"초등학교 3학년이요."

"어떤 책 읽고 싶어?"

"재미있는 거요. 지난번에 왔는데 아무도 없어서 그냥 갔어요."

"그랬구나. 가만있어 보자. 누나랑 같이 찾아볼까?"

아이와 함께 책장으로 간 예진 누나가 이것저것 책을 골라 줬다. 이든은 안타까운 표정을 지었다.

"저런 책에는 흥미가 없을 것 같은데…."

"왜?"

옆에 있던 알리나의 물음에 이든이 대답했다.

"쟤는 나처럼 책을 거의 안 읽는 것 같았어. 그런데 지금 너무 어려운 책을 골라 주잖아."

이든의 예상대로 아이는 추천 받은 책을 힐끔 보고 마땅찮은지 고개를 저었다.

이든이 알리나에게 말했다.

"이러다가 그냥 나가 버리겠어."

"좋은 방법 있어?"

이든이 어제 읽었던 책을 가리켰다.

"저 책이라면 좋아할 거야."

책방 한가운데에 있는 평대에 진열된 책이라 알리나가 훌쩍 뛰어올라서 제목을 읽었다.

"사라진 훈민정음을 찾아라?"

"응, 세종 대왕이 만든 훈민정음의 해례본을 찾는 내용인데, 엄청 재미있어. 나나 쟤처럼 책을 잘 읽지 않는 아이들한테는 딱이라니까."

"이건 저학년 동화 같은데?"

"책을 거의 안 읽은 애들은 연령대에 상관없이 일단 재미있는 걸 읽어야 해. 책이 두껍지 않아서 부담 없을 거야."

안타깝게도 예진 누나는 그 책에서 점점 먼 쪽으로 걸어갔다.

이든이 발을 동동 굴렀다.

"어쩌지? 소리를 내면 유령이 나왔다고 오해할 거고…."

그러자 알리나가 갑자기 "야옹!" 하고 울더니 이든이 가리킨 책을 툭 쳐서 넘어뜨렸다. 그 소리를 들은 예진 누나와 남자아이, 그리고 좀 떨어진 곳에서 지켜보고 있던 아이의 엄마가 동시에 쳐다봤다.

시선이 모아지자 알리나는 마치 이 책을 읽어 보라는 듯 앞발로 책을 꾹 눌렀다. 그걸 본 이든이 감탄했다.

"우아! 천재네!"

알리나의 행동을 본 예진 누나가 의아한 표정을 지으며 다가왔다가 책을 보고는 눈을 동그랗게 떴다.

"이 책을 깜빡했네. 너 미스터리 좋아하니?"

질문을 받은 남자아이가 고개를 끄덕거리자 예진 누나가 알리나가 앞발로 짚고 있는 책을 집어들었다.

"그럼 이거 읽어 봐. 아주 흥미진진할 거야."

남자아이의 눈에 호기심이 깃든 것을 본 이든이 주먹을 불끈

쥐며 낮은 목소리로 외쳤다.

"그렇지!"

남자아이가 책에 흥미를 보이자 아이 엄마가 옆에서 지켜보다가 그 순간 끼어들었다.

"이상한 책 아니죠?"

"그럼요. 이거 역사 공부도 되는 책이에요. 아이들끼리 모험을 떠나는 거라 책 내용도 흥미진진하고요."

그러자 아이 엄마가 아들에게 물었다.

"준우야, 살래?"

준우라고 불린 남자아이는 책을 품에 안은 채 고개를 끄덕거렸다. 그러자 준우 엄마가 대견스럽다는 표정을 지었다.

"맨날 게임만 하는 줄 알았더니 책도 읽는다고 하고 대견하네."

그러면서 지갑을 꺼내며 카운터로 왔다. 그때 알리나가 잽싸게 카운터 쪽으로 가서 애교를 부렸다. 그걸 본 준우 엄마가 휴대 전화를 꺼냈다.

"그러고 보니 애가 책을 골라 줬네요? 이름이 뭐예요?"

"알리나예요, 알리나."

"이름도 예쁘네. 사진 한 장만 찍자, 알리나."

준우 엄마가 휴대 전화를 들이대자 알리나는 고개를 옆으로 기울여 포즈까지 잡아 줬다. 그사이, 준우는 책을 끌어안은 채 중얼거렸다.

"솔직히 게임도 따분해. 이 책 읽고 재밌으면 또 다른 책도 읽을 거야."

준우의 말을 들은 이든은 깊은 한숨을 내쉬었다.

"나보다 어린 학생인데 기특하네."

이든은 책 같은 건 읽을 생각도 하지 않고 오직 게임만 하면서 시간을 보냈다. 그런데 준우는 주저하면서도 다른 걸 해야겠다고 마음먹고 책을 고른 것이다.

준우 엄마가 책을 품에 안은 아들을 데리고 책방을 나섰다. 두 사람을 배웅한 예진 누나는 알리나의 머리를 쓰다듬어 주었다.

"우리 알리나가 책을 다 팔아 줬네."

그러자 알리나가 다리를 쭉 뻗는 척하며 옆에 서 있던 이든의 머리를 꾹 눌렀다.

"잘했어."

다음 날부터 책방에는 이상하게 손님들이 늘어났다. 이든은 일이 묘하게 돌아간다고 느꼈다. 알고 보니 준우 엄마가 SNS에 책을 골라 주는 고양이라고 알리나의 사진을 올렸다고 한다. 그게 삽시간에 소문이 퍼지면서 손님들이 하나둘씩 찾아온 것이다.

이든도 바빠졌다. 손님들이 올 때마다 눈높이에 맞춰서 자신이 읽은 책들 중에서 재미난 걸 골라주어야 했기 때문이다. 알리나는 이든이 책을 골라 주면 그 책을 누르거나 건드려서 사람들 눈에 띄게 했다.

예진 누나는 이든이 고르고 알리나가 짚어 주는 책을 조리 있게 소개했고, 대부분의 사람들은 고민 없이 사 갔다. 고양이가 골라 준 책이 때마침 읽고 싶었거나 필요한 책이라는 사실에 신기해하면서 말이다. 그리고 책을 산 다음에는 알리나의 사진을 찍어서 SNS에 올렸고, 그걸 본 사람들이 책방을 또 찾아왔다.

"여기가 고양이가 책을 골라 준다는 책방인가요?"

"네, 고양이가 책을 골라 주는 오후의 햇살입니다."

손님들이 많이 오자 책이 안 팔려서 힘들어하던 예진 누나도 기운을 내는 것 같았다. 그렇게 며칠 사이에 책이 꽤 팔리자 예진 누나는 밝은 목소리로 오랜만에 주문을 넣었다. 이든은 알리나와 하이파이브를 하면서 뿌듯해했다.

"신난다."

오랜만에 느끼는 감정이었다. 책방 안에 갇힌 영혼이 된 이후에는 감정이 메말라 버렸다. 기쁘거나 슬프거나 하는 것 없이 그냥 시간이 흘러가는 것만 느꼈을 뿐이다. 하지만 책을 읽고 손님들에게 책을 추천해 주면서 잃어버렸던 감정이 되살아났다. 생기가 돌아온 것은 물론, 살아 있다는 게 어떤 것인지 새삼 느꼈다.

"산다는 게 이런 거구나."

이든이 활기 넘치는 몸을 내려다보면서 중얼거리자, 알리나가 싱긋 웃었다.

책방 문을 닫으라고 채근했던 건물주 할머니도 손자를 데리고 책방 문을 열고 들어왔다. 할머니의 손자는 쭈뼛거리며 책방으로 들어섰다. 그런 손자를 본 할머니가 혀를 찼다.

"요즘 애들은 왜 이리 허약한지 몰라. 우리 때는 대충 씻기고 먹여도 잘 컸는데 말이야."

할머니의 타박에 초등학교 6학년쯤으로 보이는 손자는 기가 죽었는지 시무룩한 표정이었다. 그때 알리나가 할머니의 손자에게 다가가서 손등을 핥아 주었다. 예진 누나가 분위기를 바꾸기 위해서 말을 걸었다.

"할머니, 손자 이름이 뭐예요?"

"건희, 한건희."

퉁명스럽게 대꾸한 할머니는 휴대 전화 벨소리가 나자 통화를 하겠다며 밖으로 나갔다. 그사이, 건희는 한숨을 돌리며 긴장을 풀었다. 예진 누나는 그런 건희의 어깨를 다독이며 책방 안으로 안내했다.

"만나서 반가워. 책 좋아하니?"

"잘 모르겠어요."

"그럼 누나가 골라 줄까?"

"아무거나 골라 주세요."

"고르는 건 아무렇게나 할 수 없어. 책은 네가 읽는 거잖아."

"그냥 싫어요."

소극적으로 대답하는 건희를 보면서 이든은 저도 모르게 한숨을 쉬었다. 옆에 있던 알리나가 물었다.

"왜?"

"꼭 나를 보는 것 같아서 말이야."

"넌 저렇게 얌전하지 않아."

"알아, 내가 까불거렸던 건 얌전히 있는 게 무서워서였어."

"얌전하게 있으면 누가 잡아먹는대?"

"다들 문제가 있다고 지레짐작하고 충고하는 척하면서 이런저런 간섭들을 하거든."

시무룩해진 이든의 말을 듣고 알리나가 멀뚱히 서 있는 건희를 넌지시 바라봤다.

"그럼 쟤는 어떤 책을 읽게 해야 할까?"

"책이 문제가 아니야. 자신감이 바닥까지 떨어져 있으니까 그걸 끌어올려야지."

"남들보다 잘하는 게 하나 있으면 자신감이 높아질까?"

이든이 대답 대신 고개를 끄덕거리자 알리나가 갑자기 문 쪽으로 어슬렁거리며 걸어갔다. 그러더니 통화를 마친 할머니가 문을 열자 쏜살같이 뛰쳐나갔다.

"앗, 알리나! 나가면 안 돼!"

놀란 예진 누나가 달려갔지만 한발 늦었다. 할머니도 발 옆을 빠져나가는 알리나를 놓치고 말았다. 놀란 할머니가 멀뚱하게 서 있던 건희에게 소리쳤다.

"뭐 해! 얼른 나와서 고양이 잡아!"

건희까지 다 나가면서 책방은 텅 비어 버렸다. 홀로 남은 이든은 턱을 괸 채 중얼거렸다.

"알리나를 잡겠다고? 어림도 없지."

그런데 잠시 후, 우렁찬 박수 소리와 함께 건희가 알리나를 품에 안고 들어왔다. 뒤따라온 예진 누나가 너무 고맙다는 말을 했고, 할머니도 대견하다며 건희의 머리를 쓰다듬어 줬다.

건희 품에 얌전히 안긴 알리나는 '봤지?' 하는 표정으로 느긋하게 있다가 예진 누나의 품으로 옮겨 갔다. 예진 누나가 놀랐다며 알리나를 살짝 혼내는 동안 건희는 할머니에게 자랑을 했다.

"제가 담장 위에서 내려오라고 두 팔을 벌렸더니 고양이가 확 뛰어내렸어요."

"나도 봤다. 우리 손자 장하네."

이든은 고작 고양이 하나 잡는 것 가지고 너무 호들갑 떠는 것 아니냐는 생각이 들었지만 곧 마음을 고쳐먹었다. 할머니와 건희 모두 그동안 칭찬을 주고받는 것에 목말랐다는 것을 깨달았기 때문이다. 할머니와 건희가 웃으며 얘기를 주고받는 걸 보던 이든은 자신의 신세를 잠시 잊고 푸념을 했다.

"부럽다."

엄마랑은 책을 읽는 것부터 여러 가지 문제를 두고 싸우기만 했다. 중학교에 올라온 이후에는 더 삐딱해지고 엄마와는 늘 냉랭하게 지냈다. 그러면서 학교에서 친구들을 괴롭히고 못되게 굴었다. 자기편이 없다는 생각 때문에 여기저기 심술을 부려 댔다.

"바보 같았어."

진심으로 반성한 이든은 육체로 돌아간다면 가장 먼저 무얼 해야 할지 어렴풋이 깨달았다.

책방이 활기를 띠면서 이든은 점점 몸에 에너지가 차는 걸 느꼈다. 금방이라도 흩어져 사라질 것만 같던 팔다리도 처음처럼 뚜렷해졌다. 예전의 모습으로 돌아온 몸을 신기하다는 듯 바라보고 있던 이든은 책방 문이 열리는 소리에 무심코 고개를 돌렸다가 깜짝 놀라고 말았다. 학교 단짝 친구이자 이든이 늘 괴롭혔던 리아가 찾아왔기 때문이다. 그것도 이든의 엄마, 아빠와 함께 말이다.

이든이 입을 다물지 못하고 있는 사이, 리아가 책을 정리하고 있던 예진 누나에게 다가갔다.

"언니, 저 왔어요."

"리아 왔구나. 오랜만에 왔네."

"그동안 일이 좀 있었어요."

잠시 머뭇거리던 리아가 입구에 서 있던 이든의 엄마와 아빠를 바라봤다.

"예전에 여기 있는 책에 낙서했던 아이 기억나세요?"

잠시 생각하던 예진 누나가 고개를 끄덕거렸다.

"응, 네 친구라고 했지?"

"네, 이든이라고 좀 심한 장난꾸러기였어요."

"너희 나이 때는 다 그런 거지. 사실 나도 너희 나이 때 엄청 질풍노도의 시기를 보냈어."

"진짜요?"

이든과 리아가 거의 동시에 물었다. 다행히 리아는 눈치채지 못했는지 계속 예진 누나를 바라봤다.

"나 때문에 언니가 고생을 많이 했지. 내가 사고를 치면 언니가 자기가 했다고 말하고 부모님한테 대신 혼난 적이 많았어. 정말 좋은 언니였는데 몇 년 전에 교통사고로 세상을 떠났지."

"정말요?"

리아가 놀란 표정을 짓자 예진 누나는 슬픈 눈으로 책방을 둘러봤다.

"사실 이 책방도 언니가 준비한 거였어. 나랑 같이 하자고 했는데 싫다고 했거든. 그랬는데 문을 열기 전에…. 그래서인지 형편이 어려운데도 물려받은 이 책방 문을 닫지 못했단다. 다행히 요즘엔 손님들이 많이 와서 한숨 돌렸지 뭐니."

눈꼬리에 맺힌 눈물을 손가락으로 살짝 훔친 예진 누나가 리아의 손을 잡았다.

"어머, 내가 별 얘기를 다 했네."

"아니에요. 사실… 뒤에 저분들은 그때 책에 낙서한 이든의 부모님이에요."

리아가 소개하자 이든의 엄마, 아빠가 고개를 숙여 인사를 했다. 예진 누나도 인사를 하자 리아가 말을 이어 갔다.

"사실 이든이 얼마 전에 학교 앞에서 차에 치였어요."

"뭐라고? 많이 다쳤니?"

"병원에 실려 갔는데 아직도 눈을 뜨지 못하고 있어요."

놀란 예진 누나가 이든의 엄마, 아빠를 보고는 안타깝다는 표정으로 말했다.

"어유, 어떡해요."

예진 누나의 말에 엄마가 책방을 돌아보며 대답했다.

"리아가 그러는데 우리 아이가 책에 낙서를 했다면서요."

"아니에요. 괜찮아요."

배상을 해 주려는 걸로 알았는지 예진 누나가 손사래를 쳤다. 그러자 엄마가 안타까운 표정으로 말했다.

"다음 주가 우리 이든이 생일인데, 겸사겸사 선물로 책을 골라 주려고 왔어요."

그 얘기를 들은 이든은 터져 나오는 눈물을 참으며 달력을 바라봤다. 까맣게 잊고 있었는데, 다음 주 수요일이 이든의 생일이었다.

예진 누나도 울컥 눈물이 치솟을 것 같았는지 한 손으로 입을 막으며 물었다.

"선물로 드릴게요. 이든이가 어서 일어났으면 좋겠어요."

"사실 제가 이든이 어릴 때 책을 강제로 읽으라고 해서 지금도 책은 싫어해요."

엄마의 고백을 들은 이든은 그 옆에 가서 엉엉 울었다.

"아니야, 엄마. 내가 그냥 책을 싫어했던 거야. 엄마 잘못이 아니라고."

이든이 눈물을 그치지 못하자 알리나가 조용히 다가와서 혀로 눈물을 닦아 줬다. 예진 누나도 엄마를 끌어안으며 슬픔을 나누어 주었다.

"저도 언니를 몇 년 전에 잃어서 그 기분 잘 알아요. 세상이 다 끝난 것 같았고, 내가 못 해준 거, 잘못했던 것만 기억났거든요."

"바쁘다고 신경을 제대로 안 쓴 거만 생각나요. 이럴 줄 알았으면 많이 같이 있어 줄 걸 그랬어요."

"그래도 이든이는 다시 눈을 뜰 거예요. 제가 이든이가 눈을 뜨면 읽을 수 있는 책을 선물해 줄게요."

예진 누나의 말에 엄마가 눈물을 흘리며 고개를 숙였다.

"그럼 부탁드립니다."

애써 웃음을 지어 보인 예진 누나가 얼른 바닥으로 내려온 알리나에게 말했다.

"이든이가 읽을 책 좀 골라 줄래?"

그러자 알리나가 이든을 올려다봤다.

"네가 직접 골라."

고개를 끄덕거린 이든은 책장으로 다가갔다. 알리나가 꼬리를 세운 채 뒤따라가자 책방 안에 있던 사람들의 시선이 따라갔다. 책장으로 다가간 이든은 책장에 꽂힌 책들을 하나씩 눈으로 살펴보다가 멈췄다. 그러자 옆에 있는 의자로 훌쩍 뛰어오른 알리나가 물었다.

"여기 와서 처음 읽었던 책이네? 일상 탈출 구역."

"응, 책 읽는 기쁨을 알려 준 책이잖아."

이든의 대답을 들은 알리나가 고양이 세수를 하더니 책장으로 홀쩍 뛰어 올라가서는 발로 그 책을 짚었다. 그러자 가까이 다가온 예진 누나가 그 책을 책꽂이에서 뽑았다.

"알리나가 골라 준 책은 이거네요."

가까이 다가온 리아가 책을 보더니 고개를 끄덕였다.

"저도 읽어 본 책이에요. 이든이도 좋아할 거예요."

둘의 얘기를 들은 엄마가 책을 사겠다고 하자 예진 누나는 선물이라고 그냥 책을 포장해 주었다. 엄마가 한사코 책값을 내려고 하자, 결국 리아가 결정을 내려 줬다.

"일단 이든이에게 선물로 주고 눈을 뜨면 같이 와서 책값을 계산하면 어때요?"

이 말에 엄마와 예진 누나는 거의 동시에 고개를 끄덕거렸다.

"고마워요. 이든이가 눈을 뜨면 꼭 같이 올게요."

엄마의 말에 예진 누나는 손을 꼭 잡은 채 대답했다.

"약속 꼭 지키셔야 해요."

몇 번이고 고맙다는 말을 남긴 엄마와 아빠는 눈시울을 붉힌 채 책방을 나갔다. 리아도 다음에 오겠다면서 문을 잡았다. 그러다가 걸음을 멈추고 책방을 살펴봤다. 눈물을 닦던 예진 누나가 물었다.

"리아야, 왜?"

이든이 있는 쪽을 정확하게 바라보던 리아는 고개를 저었다.

"아무것도 아니에요. 저 갈게요."

리아가 사라지자 한숨을 돌린 이든이 알리나에게 물었다.

"날 본 거야?"

"느낀 거겠지. 착한 사람들은 영혼의 파장을 더 잘 느끼거든."

"날 이렇게까지 생각해 주는 줄 몰랐어."

"누가?"

알리나의 물음에 이든이 방금 전에 엄마, 아빠와 리아가 나간 책방 문을 바라보며 대답했다.

"부모님이랑 리아가."

무섭고 두렵다는 생각이 사라지고 그립다는 느낌이 든 이든은 쓸쓸한 눈으로 책방 문을 바라보다가 돌아섰다. 그러다가 문 옆에 있는 창밖에서 밝은 빛이 다가오는 걸 봤다. 햇살치고는 너무 강렬한 빛에 이든이 중얼거렸다.

"UFO라도 내려온 거야?"

창가로 다가간 이든은 정말로 UFO 같은 게 하늘에서 내려오는 걸 보고는 입을 다물지 못했다.

"뭐야? 진짜 UFO였어?"

하얀빛이 눈앞까지 확 다가와 눈을 감았다 떴더니 눈앞에 아기 천사가 불쑥 나타나 윙크를 했다.

"나야."

"놀랐잖아요."

"놀라게 하려고 한 거야."

아기 천사가 유리창을 통과해서 안으로 들어오자 창밖의 빛은 사라졌다. 알리나도 어느 틈엔가 다가와서 아기 천사를 올려다보았다. 이든은 씁쓸한 표정으로 물었다.

"결정이 내려졌나요?"

"방금 내려졌어."

"가족 곁으로 돌아가고 싶지만 다른 결정이 내려졌다고 해도 원망하지 않을게요."

"오우, 말썽꾸러기인 줄 알았더니 그사이 철이 든 거야?"

아기 천사의 장난스러운 말에 이든은 고개를 저었다.

"부모님이랑 친구가 나를 얼마나 아꼈는지 알았으니까요."

"그러니까 다시 돌아가야지."

명랑하게 말하는 아기 천사의 말에 이든이 깜짝 놀라서 고개를 들었다.

"네?"

"방금 사고 이전의 상태로 돌려놓으라는 결정이 내려졌어."

"정말이요?"

이든의 반문에 아기 천사가 짜증스러운 표정을 지었다.

"몇 번이나 얘기하게 만들어."

"미안해요."

재빨리 사과한 이든에게 아기 천사가 팔짱을 낀 채 말했다.

"아직 때도 아니고 책방에서 착하게 지낸 게 점수를 딴 것 같아. 그러니까 어서 가자."

팔을 잡은 아기 천사에게 이든이 말했다.

"잠깐만요! 작별 인사 좀 하고 갈게요."

아기 천사가 알겠다는 듯 고개를 끄덕이자 이든은 카운터에서 여전히 눈물을 흘리고 있는 예진 누나에게 다가갔다. 그리고 고개를 숙여 고마움을 표시했다.

"고마워요, 누나. 의식 차려서 다시 돌아올게요."

이든은 알리나에게도 다가가 말했다.

"도와줘서 고마워."

"그럼 올 때 내가 가지고 놀 수 있는 장난감 좀 사 와."

"알았어."

"다시 봐."

알리나와도 작별 인사를 한 이든은 아기 천사에게 다가갔다.

"이제 부모님에게 데려다주세요."

"꽉 잡아."

이든은 아기 천사가 내민 팔을 잡고 마지막으로 책방을 돌아봤다. 그리고 책방에도 인사를 했다.

"잘 있어. 다시 올게."

사고가 났을 때처럼 빛이 갑자기 사라졌지만 어디로 돌아갈 줄 알았기 때문에 이든은 겁을 먹지 않았다.

크리링을 훔치는
가장 완벽한 방법

조 영 주

오늘 해환의 가족은 서울에서 경기도로 이사를 한다.

부모님은 평소처럼 기분이 안 좋았다. 이사할 아파트로 가기 위해 자가용에 올라탄 뒤로 단 한 마디의 대화도 오가지 않았다. 해환 역시 끼어들지 않았다. 잘못 입을 놀렸다가는 2차 부부 싸움이 시작될 수 있었다. 해환은 차 안의 분위기 대신 손에 든 노트에 집중했다.

이 노트에는 작년, 중학교에 입학해 처음 만난 짝꿍을 따라 우연히 건담 프라모델, 이른바 건프라의 세계에 입문한 이후 해환이 알게 된 모든 것이 적혀 있었다. 그렇게 세세하게 기록했는데도 다시 펴면 또 적을 말이 생각났다. 예를 들어, 지금 해환은 어떻게 자신이 PG를 구했는지, 그 과정에 대해 빠르게 적고 있었다.

PG는 가장 퀄리티가 높은 건프라의 등급이다. 해환은 PG를 손에 넣은 날 너무 기뻐서 박스의 겉모습부터 시작해 구성품과 조립 과정을 일일이 사진으로 찍은 뒤 그것을 노트에 붙이고 관련 내용을 자세히 기록했다. 하지만 완성품 사진은 없었다. 건프라를 완성하기 전에 엄마에게 뺏긴 탓이다.

차를 타고 한 시간쯤 지났을 무렵, 잠깐 동안 엄마, 아빠의 침묵이 깨졌다. 사소한 말싸움이 오갔지만 해환은 귓등으로 흘려들었다. 어쩌다 자신이 엄마에게 PG를 빼앗기게 되었는가, 그 과정을 적느라 바빴다. 그랬기에 해환은 얼마 안 가 느낀 갑작스런 충격에 더 놀랐다.

잘 가던 아빠가 차를 급정거했다. 해환은 손에 연필을 든 자세 그대로 튕겨져 나가 앞좌석에 머리를 박았다. 무슨 일인가 싶어 앞좌석 사이로 머리를 내밀고 밖을 내다보다가 기이한 풍경을 발견했다. 아스팔트가 중간에 뚝 끊겨 있었다. 그 앞은 서부 시대를 배경으로 한 영화처럼 허허벌판, 황무지였다.

"이상하네. 길이 나와야 하는데…."

아빠가 내비게이션을 보며 중얼거렸다. 내비게이션은 여전히 이 앞에는 길이 있고, 그 길을 따라가야 목적지인 경기도 파주의 한 아파트 단지가 나온다고 안내하고 있었다.

"이상하네. 거참 이상해."

운전석에 앉은 아빠는 연신 혼잣말을 하며 휴대 전화를 손에 들었다. 목적지인 아파트 이름을 검색하자, 휴대 전화는 온 길을 돌아가라고 지시했다.

"아까 그 삼거리로 돌아가라고 하네."

문제의 경로를 본 아빠는 목소리가 한층 작아졌다.

"그러게 내 말 들으랬지!"

해환이 귓등으로 흘려들었던 엄마, 아빠의 사소한 말싸움이 다시 이어졌다.

20분 전 나타난 삼거리에서 이삿짐센터 차는 직진했다. 엄마는 이삿짐센터 차를 따라가라고 했지만, 아빠는 내비게이션이 훨씬 빠른 길을 안내하는데 왜 이삿짐센터 차를 따라가느냐고 엄마에게 짜증을 냈다.

"이왕 이렇게 된 거 점심이나 먹고 가자."

아빠는 엄마의 짜증을 애써 무시하며 말했다.

"저기 중국집 있다. 이름도 '막다른길 홍콩반점'이라잖아. 위트 있고 좋네."

"난 짜장. 탕수육도 시켜 줄 거야?"

해환이 재빨리 껴들었다.

"그 돈은 어디서 나오는데?"

아빠의 대꾸보다 엄마의 빈정거림이 빨랐다. 여기서 아빠가 받아 준다면 부부 싸움이 되겠으나, 아빠는 침묵을 택했다. 해환은 어색해진 차 안의 분위기에 진저리를 치며 눈앞의 중국집이 끝내주는 맛집이길 간절히 바랐다. 엄마는 맛집을 찾아다니며 인증샷을 SNS에 올리는 취미가 있었다. 막다른길 홍콩반점이 그런 곳이라면 엄마의 기분도 좀 풀어지리라.

식당에 들어서는 순간 나타난 풍경에 엄마 대신 해환의 기분이 좋아졌다. 현관 카운터 맞은편에 해환이 건프라 다음으로 좋아하는 피규어 진열장이 있었다. 원피스에 드래곤볼, 어디서나 볼 수 있는 흔해빠진 피규어 라인업이었지만 오랜만에 보니 눈물 나게 반가웠다. 평소 관심이 없었던 크리링이며 야무치마저 사랑스러워 보였다. 해환은 저도 모르게 피규어로 손을 뻗었다.

"접근 금지!"

해환이 아무 짓도 안 했는데도 엄마는 이미 화가 나 있었다. 옆에 선 아빠 역시 얼굴이 굳어 있기는 마찬가지였다.

"이럴 때만 부부 일심동체라지."

해환은 엄마 말투를 흉내 내며 빈정거렸다. 실물을 만지고 싶은 기분을 가까스로 참으며 피규어 장식장에서 시선을 돌렸다. 엄마, 아빠는 그런 해환을 계속 경계했다. 피규어 장식장에서 가장 멀리 떨어진 자리에 앉는 것은 물론이요, 해환의 시야에 피규어가 들어오지 않게 앉혔다.

엄마는 음식 맛이 마음에 든 것 같았다. 아빠나 해환이 젓가락을 한 번 들 때마다 "잠깐 멈춰 봐!"라고 말하며 사진을 찍는다고 난리를 부리다 결국 백팩에서 DSLR까지 꺼냈다. 오늘 엄마는 흔치 않게 해환의 책가방만 한 백팩을 메고 나왔다. 이사 당일이다 보니 DSLR이나 노트북은 물론 각종 귀중품을 챙길 가방이 필요했던 것이다.

"맛집 인증은 빈 그릇이지."

엄마가 텅 빈 탕수육 그릇을 사진 찍으며 말할 때, 엄마의 휴대 전화가 울렸다. 엄마는 아빠나 해환에게 말할 때와는 달리 우아한 말투로 "아, 네. 금방 갈게요." 하고 전화를 끊더니, 다시 원래의 짜증 섞인 말투로 돌아와 말했다.

"부동산. 저쪽 분들 기다린대. 잔금 치르게 빨리 오래."

"해환이 다 먹었니?"

아빠는 엄마 대신 해환을 보며 물었다. 해환은 대답 대신 고개
만 까닥였다.

"그럼 슬슬 일어날까?"

아빠가 한 손에 계산서를 들며 일어났다. 엄마는 백팩을 챙기
며 휴대 전화를 들여다보느라 대답하지 않았다.

"난 화장실 좀 갔다 올게. 당신 계산하고 있어."

엄마가 아빠에게 백팩을 맡겼다. 아빠는 화장실에 들어가기 직
전에도 사진을 찍는 엄마를 보며 한숨을 길게 내쉬더니, 해환에게
백팩을 건네며 말했다.

"넌 커서 결혼 같은 거 하지 마라."

"안 그래도 안 할 거야."

해환이 무뚝뚝하게 대꾸하며 엄마의 백팩을 어깨에 멨다.

"계산 부탁드려요, 사장님."

아빠는 계산대 너머의 사장에게 카드를 내밀었다.

"그런데 이상하네요. 내비게이션에는 여기 길이 있다고 나오던
데, 왜 없대요?"

"아, 진정읍으로 이사 오시나 봐요?"

50대로 보이는 사장이 계산서의 금액을 확인하며 말했다.

"어떻게 아셨어요?"

"거기 단지 분들 이사 올 때 자주 여기로 잘못 오세요. 길은 내년 2월에 뚫릴 겁니다. 하도 물어봐서 제가 알아봤어요."

"감사합니다."

사장의 말에 아빠는 어설프게 웃더니, 화장실에서 엄마가 나오자마자 신이 나서 사장의 말을 전했다.

"거봐, 내가 잘못한 거 아니잖아."

"내 가방 내놔."

엄마는 아빠의 말을 쿨하게 무시했다.

"가방?"

"저기."

대신 해환이 턱짓을 했다.

출구 가까이에 있는 빈 테이블 위에 백팩이 놓여 있었다. 엄마는 백팩을 메다가 생각났다는 듯 해환에게 말했다.

"너, 아무 짓도 안 했지?"

"네, 네."

해환은 대꾸하기도 싫어서 대충 대답하고는 먼저 식당을 나섰다. 엄마는 그런 해환의 뒷모습을 주시하며 말했다.

"사장님, 저희 나가기 전에 뭐 없어진 거 있나 한번 확인해 보실래요?"

"네? 무슨 말씀이신지?"

사장이 엄마의 말을 이해하지 못하고 아빠를 바라보았다. 사장과 눈이 마주친 아빠가 어색하게 웃으며 작게 말했다.

"적당히 좀 하자. 창피하지도 않냐?"

"난 재 안 믿어. 사장님, 진지하게 드리는 말씀입니다. 얼른 확인하세요."

사장은 영문을 모르겠다는 표정으로 주변을 두리번거리더니 피규어 진열장에 시선이 멈췄다.

"아, 크리링이…."

"크리링?"

"드래곤볼에 나오는 그 크리링?"

사장의 말에 엄마와 아빠가 한 마디씩 하며 천천히 시선을 돌렸다. 진열장을 눈으로 찬찬히 훑다가 한 귀퉁이의 공간을 발견했다. 해환의 가족이 가게에 들어갈 때만 해도 꽉 차 있던 진열장의 한 칸이 비어 있었다.

"사장님, 여기 있던 피규어가 없어진 거죠?"

바로 엄마의 표정이 달라졌다.

"네? 아니, 그게…."

아빠는 말 대신 행동을 보였다. 바로 문을 열고 뛰어나가더니 차 뒷문을 벌컥 열었다.

"윤해환."

"왜?"

"좋은 말로 할 때 피규어 내놔라."

"무슨 피규어?"

아빠는 해환의 말을 들을 생각이 전혀 없었다. 해환을 밖으로 끌어낸 후 온몸의 주머니를 뒤졌다. 아무것도 나오지 않자 뒷좌석은 물론 앞좌석, 트렁크까지 모두 확인했다. 그래도 피규어는 나오지 않았다.

"솔직히 말 못 해? 어디다 숨겼어?"

아빠가 해환의 멱살을 잡았다.

"왜 이래? 나 진짜 아니라고 했잖아!"

"이게 정학을 맞고도 정신을 못 차리고!"

아빠는 더는 못 참겠다는 듯 해환의 얼굴을 향해 손을 들었다. 따귀를 때리려는 자세였다. 해환은 눈을 똑바로 뜨고 아빠를 마주 봤다. 절대 눈을 감지 않을 생각이었다.

바로 그때 부자간의 싸움에 누군가 끼어들었다. 아빠보다 키가 한 뼘은 큰, 어림잡아 190센티미터는 되어 보이는 남자가 갑작스레 나타났다. 그 사람이 아빠가 치켜 든 손목을 덥석 잡으며 말했다.

"어른이 어린이를 내리누르지 말자."

그러더니 휙 던지듯 아빠의 손을 내려놓았다.

"바이 방정환."

"다, 당신 뭡니까?"

아빠는 본능적으로 해환을 자신의 등 뒤로 숨기며 물었다.

"서점."

"서, 서점요?"

남자는 손을 들어 등 뒤의 집을 가리키며 말했다.

"서점만큼 인간의 심성이 그토록 약해지는 곳이 어디 있는가?"

그곳엔 흰색 단층집이 있었다. 그 집 주차장에 해환 또래부터 초등학생까지 적어도 열 명은 되어 보이는 아이들이 서서 이 광경을 구경하고 있었다.

"바이 헨리 워드 비처."

이 거대한 남자는 또라이다.

해환은 그렇게 생각했다.

하는 말도 이상했고, 끼어든 타이밍도 기이하기 짝이 없었다. 아빠 역시 비슷한 생각을 한 모양이었다.

"가, 가자, 해환아."

"으응, 아빠."

아빠는 급히 해환을 차에 다시 태웠다. 해환 역시 이번에는 아빠의 말에 토를 달지 않았다.

"여보, 가자! 어서!"

아빠는 차에 올라타며 소리를 질렀다.

엄마는 사장과 대화를 한참 하다가 문 앞에 있는 거대한 남자를 보고는 뭔가 이상한 일이 일어났다는 걸 눈치챘는지 급히 식당에서 나왔다.

"일단 CCTV 확인하라고 했어. 혹시 뭔가 이상한 게 보이면 언제든 연락하라고."

"잘했어."

아빠는 바로 차를 출발시켰다.

"저 남자는 뭐야? 자기 다친 데 없고?"

"손목이 욱신거리긴 해."

"병원 갔다 갈래? 약국 보이면 파스 살까?"

"괜찮아, 괜찮아."

아빠와 엄마의 냉전은 불청객의 등장으로 깨졌다.

해환은 차 뒤창으로 바깥을 흘깃거렸다.

아까의 거대한 남자는 여전히 홍콩반점 주차장에 서서 가만히 해환이 탄 차를 보고 있었다.

또라이의 등장으로 잠깐 부드러워졌던 분위기는 얼마 안 가 여지없이 무너졌다. 이삿짐 정리가 거의 끝날 무렵, 중국집 사장에게 전화가 왔다. CCTV를 확인한 결과, 해환의 기묘한 행동을 찾아냈다고 했다. 화장실에 가기 직전, 엄마가 아빠에게 맡긴 백팩에 해환이 크리링을 훔쳐 넣고는 발뺌을 한 것이다.

엄마는 이 사실을 알고 머리끝까지 화가 났다.

"너 윤해환, 이리 안 와!"

아빠는 바로 상황을 파악하고 해환을 잡으려고 했지만, 해환이 빨랐다. 해환은 아빠가 자신을 잡으려는 걸 슬라이딩하듯 잽싸게 피해 자기 방으로 숨어든 뒤 문을 잠갔다. 그러고는 거실의 상황을 살폈다. 곧바로 엄마의 비명 소리가 들렸다.

예전 집이라면 하루고 이틀이고 농성할 수 있었으리라. 컴퓨터와 태블릿, 휴대폰만 있으면 문제없었다. 하지만 이번 집은 달랐다. 해환의 방은 침대와 책상 외에 아무것도 없었다. 부모님은 해환의 방에 각종 전자 기기를 놓아 줄 생각이 전혀 없었다. 건담 노트가 있었다면 시간을 보내기 좋았을 테지만, 문제의 노트마저 거실에 놓고 와 버렸다. 결국 해환은 다음 날 새벽, 제 발로 방에서 나와 잘못을 빌 수밖에 없었다.

아직 어두운 거실, 아빠는 불도 켜지 않은 채 소파에 혼자 앉아 있었다. 해환은 말없이 그런 아빠의 앞으로 다가가 엎드려뻗쳤다. 지난번 학교에서 정학을 맞았을 때에도 엎드려뻗쳐를 당했다. 아빠는 그런 해환의 엉덩이를 죽도로 내리쳤다. 대학 시절 검도를 했다던 아빠의 죽도는 눈물이 날 만큼 매서웠다. 세 대를 때렸을 때, 엄마가 애 죽겠다며 아빠를 말렸다.

지금 생각해 보면 아빠한테 계속 얻어맞는 편이 나았다. 이후 엄마의 뒤끝을 생각하면 해환은 진절머리가 났다. 해환이 자진 납세를 결심한 것도 그 때문이다.

그런데 아빠의 죽도가 날아들지 않았다. 대신 아빠는 엎드려뻗쳐 있는 해환의 앞으로 캔버스 가방을 던졌다. 해환은 엉거주춤 일어나 무릎을 꿇었다. 캔버스 가방에는 해환이 훔친 크리링이 들어 있었다.

"네가 직접 돌려드리고 와라."

처음 건프라를 훔친 이후부터 부모님은 "널 어떻게 믿어?"를 입에 붙이고 살았다. 늘 직접 해환을 끌고 가서 물건을 돌려주고 사과하는 모습을 봐야 직성이 풀렸다. 그런데 해환에게 혼자 가서 훔친 물건을 돌려주고 사과를 하라니 영 미심쩍었다.

아빠가 말했다.

"엄마가 입원했다."

엄마의 비명은 충격으로 기절하면서 낸 소리였고, 아빠는 그런 엄마를 병원에 입원시킨 후 새벽에 돌아왔다고 했다.

"나도 이제 지쳤다. 네 맘대로 해라."

아빠는 더 이상 상대할 가치도 없다는 듯 고개를 저으며 안방으로 들어갔다.

해환은 아빠가 말로는 저래도 곧 안방에서 다시 죽도를 들고 나오는 게 아닐까 긴장했다. 하지만 다음 순간 해환의 귀에 들린 것은 커다란 텔레비전 소리와, 그 소리로도 숨겨지지 않는 아빠의 통곡이었다.

아빠가 나 때문에 운다고?

아빠가 우는 모습을 본 건, 정확히 말해 들은 건 지금이 처음이었다. 해환은 당황해 안방으로 다가가 문고리를 잡아 문을 열려고 했다. 문은 잠겨 있었다. 안방 문이 잠겨 있는 것 역시 오늘이 처음이었다. 지난밤 부모님이 자신의 잠긴 방문 앞에서 어떤 기분이 들었을지 이제 알 것 같았다. 단 한 번도 느끼지 못한 감정이 스치고 지나갔다.

가슴이 저렸다.

마음 같아서는 미안하다고, 다시는 안 하겠다고 잘못을 빌고 싶었다. 정말 그냥 손이 나가 버렸다. 애당초 드래곤볼에는 관심이 없었다. 크리링은 더더욱 그랬다.

하지만 과연 그 말이 통할까? 대성통곡하는 아빠에게, 입원한 엄마에게 이 마음이 전해질까?

말뿐인 사과는 소용없을 것 같았다. 해환은 문고리를 잡은 손을 놓았다. 그러고는 뒤로 물러나 캔버스 가방 안에 크리링이 잘 있나 확인하고, 늘 들고 다니는 건담 노트와 연필과 볼펜을 챙긴 후 크게 말했다.

"크리링 돌려주고 올게! 진짜야!"

그렇게 오전 7시 반, 학교를 갈 일도 없는데 해환은 아침 일찍 집을 나섰다.

"뭐야, 닫힘 버튼도 없어?"

해환은 엘리베이터에 올라타자마자 짜증이 났다.

마음 같아서는 바로 다 관두고 집으로 돌아가고 싶었지만 아빠의 대성통곡을 떠올리고 참았다.

도대체 있는 게 없는 거지 같은 동네였다. 엘리베이터에 닫힘 버튼이 없고, 코인노래방도 없고, 인형 뽑기 가게도 없고, PC방은 더더욱 없고.

해환이 이사 온 아파트 단지는 말 그대로 황무지 한가운데 서 있었다. 이 아파트 단지는 이제 막 만들어지는 도시의 일부분이다 보니, 길도 다 뚫리지 않았고, 상가도 텅 비어 있었다. 당연히 버스 정류장도 없었고, 그 흔한 편의점이나 슈퍼마저도 차를 타고 10분은 가야 나왔다.

해환은 한숨을 길게 내쉬며 아파트 입구를 나섰다. 오늘의 목적지를 찾았다. 이사 온 아파트는 다른 곳보다 조금 지대가 높았다. 덕분에 주변을 적당히 둘러보고 얼마 지나지 않아 황무지 한쪽, 저만치 멀리 있는 중국집을 발견할 수 있었다.

중국집의 방향을 확인하고 그쪽으로 묵묵히 걸으면 되겠거니 했다. 그런데 금방 나오리라 생각했던 황무지 대신 아파트를 나설 때에는 보지 못한 주택가가 나왔다. 골목길을 헤매다 우연히 만난 할머니가 아니었다면 한참 딴 데로 갈 뻔했다.

할머니의 친절한 안내로 제대로 된 방향으로 다시 걸어가자 얼마 안 가 황무지가 나타났다. 그렇게 30분을 더 걷자 목적지인 문제의 중국집 간판이 보이기 시작했다.

"어서 해치우고 집에 가자."

해환은 혼잣말을 중얼거린 후 가볍게 달리기 시작했다. 생각해 보니 달리는 것도 오랜만이었다. 건프라 매장에서 좀도둑질을 하다가 달아났을 때가 마지막 달리기였다.

너무 이른 시각이라 그런가, 아직 중국집은 문을 열지 않았다. 마음 같아서는 중국집 문 앞에 캔버스 가방을 걸어 놓고 내빼고 싶었지만, 누가 캔버스 가방을 갖고 간다면 곤란했다.

해환은 어디 맡길 곳이 있을까 싶어 주변을 두리번거렸다. 바로 옆에 있는 흰색 단층 건물이 눈에 띄었다. 어제 그 또라이가 가리킨 건물. 분명 서점이랬다.

'저기다 맡기고 가면 어떨까?'

해환은 잠시 고민했으나 관두기로 했다. 그 또라이가 물건을 받는다고 과연 제대로 전해 줄까 싶었다. 괜한 시비나 안 걸면 다행이었다. 해환은 중국집 문이 열리길 기다리기로 했다. 현관에 쭈그리고 앉아 캔버스 가방을 끌어안은 채, 한 손에 든 건담 노트에 PG 모델을 훔치다 결국 걸렸던 일과 이 동네로 이사 오기까지의 과정을 적기 시작했다.

팔이 저릴 정도로 글을 적어 내려갔을 무렵, 택배 차가 나타났다. 택배 기사는 커다란 박스를 들고 중국집으로 다가왔다. 현관 문을 잡아당겨 잠긴 것을 확인한 뒤 휴대 전화를 꺼내 전화를 걸었다.

"택배인데요, 문 안 여셨네요? 아, 오늘 쉬는 날이라고요? 그럼 물건 서점에 맡길게요."

택배 기사는 짧은 통화를 마치고 옆집, 흰색 건물로 향했다.

쉬는 날이라니!

그냥 집으로 돌아가거나, 서점에 물건을 맡기는 수밖에 없어 보였다. 해환의 선택지는 후자였다. 또라이는 영 마뜩찮았으나 아빠의 대성통곡 2탄을 듣는 것은 생각만으로 충분히 끔찍했다.

해환은 몸을 일으켜 세웠다. 같은 자세로 한참 쭈그리고 앉아 있었더니 발이 저려 왔다. 건담 노트를 손에 든 채 기지개를 크게 폈다.

그런데 주변에 사람이 있었다. 서점 앞 주차장에서 초등학교 저학년쯤 되어 보이는 여자애가 호기심 넘치는 표정으로 해환을 바라보고 있었다. 눈이 유달리 초롱초롱한 단발머리 여자애였다. 여자애는 아주 재밌다는 표정으로 해환을, 정확히는 해환이 한 손에 든 건담 노트를 가만히 바라보고 있었다.

해환은 여자애의 시선을 무시했다. 그러고는 캔버스 가방에 건담 노트를 넣고 어깨에 멘 뒤 흰색 건물로 향했다.

간판 없는 서점은 흰색 페인트를 덧칠한 목조 건물이었다. 인터넷에서 제주도 여행을 검색하면 자주 등장하는 펜션 형태였다.

해환은 서점 문을 열고 들어가며 크게 인사했다.

"실례합니다."

해환이 서점 하면 가장 먼저 떠올리는 것은 서울의 대형 서점이다. 대부분의 대형 서점은 코너별로 잘 꾸며 놨다. 공간을 나눠 일정 공간은 전시장으로 사용하는 곳이 있을 정도다. 또 사람들이 어디서나 책을 읽을 수 있도록 도서관처럼 아예 큰 책상을 놓은 곳도 많았다.

그런데 이곳은 달랐다. 겉모습은 그럴듯했는데 서점 안은 복잡하기 짝이 없었다. 인테리어라고 할 것이 아예 없는 듯 사방팔방 책이며 잡동사니며 잔뜩 쌓아 놓은 상태였다. 서점인데 오른편에는 고깃집처럼 신발을 벗고 올라가 앉는 방까지 있었다.

해환은 혹시 그곳에 사람이 있나 싶어 방 안을 들여다보며 말했다.

"계세요?"

그곳에도 사람은 없었다. 대신 해환은 정말 고깃집에서 쓸 법

한 불판이 놓인 테이블 위에 잔뜩 쌓인 잡동사니들을 봤다. 한 군데에는 탁상시계가 가득했고, 그 옆에는 연필이, 바로 옆에는 인형이며 나노 블록이 쌓여 있었다. 파는 물건이라고 보기에는 하나같이 너무 낡았다. 해환은 뜻밖의 풍경에 잠시 의아해하다가 한 테이블에서 시선이 멎고 말았다.

프라모델.

각종 프라모델뿐 아니라 해환이 꿈에도 그리워하던 건프라가 놓여 있었다. 약간 먼지가 쌓여 있었지만 PG 등급의 상자도 있었다. 해환의 손이 저절로 건프라로 향했다.

아빠의 대성통곡을 들었는데도, 엄마가 입원했는데도, 해환은 눈앞의 건프라로 뻗는 손을 멈출 수 없었다.

중학교에 들어간 후 해환은 건담 프라모델에 꽂혔다. 용돈을 모아 건프라를 사다가 그걸로는 부족해 친구들에게 돈을 꾸기까지 했다. 문제는 해환이 이 정도 수준에 만족하지 못했다는 사실이다. 친구들의 돈을 빌려 사는 건프라는 끽해야 5만 원 이하의 물건이었다.

어느 날 해환은 건프라 전문 매장에 갔다가 실수로 프라모델 하나를 계산하지 않고 집으로 가져오고 말았다. 처음에는 큰일 났다 싶었다. 다음 날 바로 매장에 가서 말하려고 했다.

건프라 매장의 사장은 전형적인 건덕이었다. 머리는 어깨까지 길렀는데, 멋을 부리려고 기르는 것 같았으나 전혀 어울리지 않았다. 머리숱이 많이 적은 데다 눈이 매우 나빠 두꺼운 안경을 썼다.

캐릭터가 그려진 티셔츠와 체크무늬 남방을 겹쳐 입는 것도 촌스러웠다.

그날, 해환이 프라모델을 돌려주려고 갔을 때에도 사장은 파란색 체크무늬 남방셔츠 안에 건담이 그려진 검은 티셔츠 차림이었다. 오랜 세월 건담에 집중해 마침내 자신의 건프라 매장을 차린 사람답게 그날도 건프라를 조립하고 있었다.

한 손에 확대경을 들고 건담 프라모델의 부품을 들여다보는 사장의 진지한 표정은 해환이 가장 부러워하는 모습이었다. 해환도 저런 확대경을 갖고 싶었다. 그것만 있다면 프라모델을 보다 정교하게 조립할 수 있을 것이다.

하지만 그날 해환의 용건은 다른 데 있었다. 사정을 얘기하고 사과를 해야 했다. 해환은 침을 꿀꺽 삼킨 뒤 말을 걸어 보려고 하다가, 도통 자신을 눈치채지 못하는 사장을 보고 마음이 바뀌었다. 생각해 보니 해환이 처음 실수로 계산을 하지 않은 건프라에는 뽀얗게 먼지가 쌓여 있었다.

사람이 들어와도 모를 정도의 건덕, 상품에 먼지가 뽀얗게 쌓여도 전혀 신경 쓰지 않는 건덕. 그런 건덕에게서 물건을 훔치는 게 꼭 나쁜 일일까? 하나쯤 없어도 상관없잖아?

해환은 캔버스 가방에 넣었던 손을 뺐다. 대신, 매장 안을 적당히 훑어보다가 마찬가지로 먼지가 뽀얗게 앉은 건프라를 슬그머니 가방에 집어넣었다. 그리고 어제와 마찬가지로 아주 느긋하게, 여유가 넘치는 표정으로 사장에게 "안녕히 계세요." 하고 인사까지

한 후 매장 문을 열고 나왔다.

매장을 나온 해환은 재빨리 뒤를 돌아봤다. 혹시라도 사장이 뭔가 눈치챈 기색이 있는가 살폈으나, 여전히 사장은 눈앞의 건프라를 확대경으로 들여다보는 일에 여념이 없었다.

두 번 연속 들통이 나지 않자 해환은 대담해졌다. 몇 번이고 반복해서 매장에 들러 먼지가 많이 내려앉은 건프라만 골라 훔쳤다. 그리고 그렇게 훔친 건프라를 인터넷에 올려 되팔며 용돈 벌이까지 시작했다.

꼬리가 길면 잡히게 마련이다. 결국 들통이 났다. 상습적으로 친구들의 돈을 빌린 데다 대부분 갚지 않은 사실 역시 학교에 알려져 정학 처분을 받았다. 예전 동네는 아빠가 어린 시절부터 산 동네라 이웃과 교류가 많았다. 부모님은 얼굴을 들고 살 수가 없다며 이사를 결심했다.

해환은 반성했다. 다시는 아무것도 훔치지 않겠다고 생각했다. 결심은 쉽게 무너졌다. 이사를 오자마자 크리링을 훔쳤다. 엄마의 입원과 아빠의 대성통곡을 봤다. 진심으로 반성했다. 돌려주기로 마음먹었다. 그래 놓고 지금 또 건프라로 손을 뻗고 있었다. 이러면 안 된다고 생각하는데도 손이 가는 것을 막을 수 없었다. 마치 무엇에 홀린 것처럼 손이 저절로 움직였다. 결국 해환의 손은 건프라를 집어 캔버스 가방에 넣어 버렸다.

'대체 왜 이러는 거야. 꺼내. 다시 제자리에 돌려놔.'

해환은 바들바들 떨면서 손을 움직이려고 해 봤으나 손은 꼼짝도 하지 않았다. 해환과 다른 의지를 가진 것처럼 가방 안의 건프라를 꽉 쥐고 거부했다. 그런 해환의 위로 그림자가 짙게 졌다. 등 뒤에서 낯익은 목소리가 들렸다.

"어린이는 백지와 같아서 어떠한 인물로든지 만들 수 있다."

해환은 천천히 고개를 돌렸다.

"바이 J. 로크."

어제의 거대한 또라이가 해환을 무시무시한 표정으로 내려다보고 서 있었다. 또라이의 표정에 해환은 다시 악몽 같은 그날의 일을 떠올릴 수밖에 없었다.

그날, 건담 프라모델을 훔치다 걸렸던 날.

건덕 사장은 해환을 봐주지 않았다. 해환을 한주먹으로 때려 눕힌 후 그 위에 올라탔다. 그간의 분노가 축적된 듯 어린 해환의 얼굴에 마구 주먹질을 해 댔다. 역광, 헤비메탈 가수가 노래를 부르며 머리를 흔들 때처럼 건덕의 어깨까지 오는 긴 머리카락이 찰랑거리는 모습은 공포 영화의 한 장면 같았다.

또라이는 아빠의 손을 내리누를 만큼 힘이 셌다. 저 남자가 해환의 위에 올라타서 주먹질을 하면 한 방에 기절해 버릴지도 모른다.

해환은 겁에 질려 엉덩방아를 찧었다. 급히 무릎을 꿇고 손에 든 캔버스 가방을 서점 사장에게 내밀며 소리쳤다.

"자, 잘못했습니다! 다시는 안 그럴게요! 일부러 그런 건 아니에요!"

사장은 해환이 내민 캔버스 가방을 받더니 그 안에 들어 있는 건담 프라모델과 크리링을 살폈다. 그런 뒤 해환의 건담 노트를 한 손에 쥐고 한 장 한 장 넘기다 휘리릭 끝까지 대강 훑어봤다. 사장이 해환을 가만히 바라보더니, 크리링 피규어를 테이블 위에 내려놓았다.

"거래는 물물교환이 아니라면 도둑질인 셈이다."

그러고는 건담 노트와 건담 프라모델이 든 캔버스 가방을 도로 주었다.

"바이 칼릴 지브란."

해환이 영문을 모르겠다는 표정으로 서점 사장을 바라보았다. 서점 사장은 그런 해환의 등을 떠밀어 방에서 나가게 했다. 그리고 같이 따라 나와 방문을 닫더니 그 앞에 붙은 종이를 가리켰다.

물물교환 벼룩시장

사장은 해환이 크리링과 건담 프라모델을 맞바꾸려 한 것이라고 착각한 모양이었다. 당황한 해환은 변명하려고 했지만 사장은 해환의 말을 듣지 않았다. 대신 해환의 등을 떠밀어 서점 밖으로 나가게 했다.

"시간은 환상이다. 점심시간은 두 배로 그렇다."

사장이 해환의 눈앞에서 서점 문을 잠그며 덧붙였다.

"바이 더글러스 애덤스."

사장은 터벅터벅 걸어가 주차장에 세워 둔 오토바이에 올라타더니 시끄러운 엔진 소리와 함께 황무지로 사라져 버렸다.

해환은 황당했다. 서점 사장이 남발하는 명언이 그럴듯하게 들어맞는 것도 어이가 없었고, 점심을 먹겠다며 손님을 다짜고짜 내쫓는 것도, 건담 프라모델과 크리링을 맞바꾼다는 착각도 이해할 수 없었다.

보통 그런 상황이면 물건을 훔쳤다고 의심하는 게 정상이다. 그런데 그걸 물물교환이라고 받아들이다니, 저 사장은 역시 또라이가 분명했다.

해환은 이 상황이 너무 짜증이 났다. 하지만 지금은 사장을 기다리는 수밖에 없었다.

한 시간이 지나자 오토바이가 황무지를 가르며 돌아왔다. 사장이 헬멧을 벗으며 오토바이에서 내리자 기다리고 있던 해환은 주춤주춤 자리에서 일어났다. 사장은 해환을 흘깃 봤지만 무시하고 서점 안으로 들어가 버렸다. 해환은 급히 사장을 따라가며 소리쳤다.

"크리링이랑 물물교환해 주세요!"

이걸로 끝이다. 다 없던 일로 할 거다. 당장 크리링을 돌려받고, 중국집 사장에게 돌려줄 거다!

사장은 팔짱을 끼고 해환을 가만히 내려다보더니 손가락을 다섯 개 펴 보였다. 해환도 사장을 따라 손가락을 폈다. 그리고 그대로 짝 부딪치며 말했다.

"하이파이브?"

사장이 고개를 저었다. 그러고는 다시 손바닥을 보였다. 해환은 '설마' 하는 기분으로 조심스레 물었다.

"혹시 돈 달라고요?"

사장이 고개를 끄덕였다.

"저, 지금 돈 없는데… 그냥 아까 건담이랑 맞바꾸면 안 돼요? 그래 봤자 벼룩시장이잖아요."

사장이 고개를 저었다.

"이런 게 어디 있어요! 아까 사장님 맘대로 크리링이랑 건담이랑 맞바꿨잖아요!"

해환은 계속 따졌지만 사장은 묵묵부답이었다. 사장은 계속 손바닥을 펴 보일 뿐이었다.

"알았어요, 주면 되잖아요! 주면!"

해환은 씩씩거리며 서점을 나섰다.

이상한 인간한테 걸리고 말았다. 집에 가면 5천 원 정도는 아주 쉽게 구할 수 있으리라.

'잠깐만, 아빠가 아직 집에 있으면 어쩌지?'

해환은 집을 향해 뛰려다가 잠깐 머뭇거렸다. 아빠에게 건담이 든 캔버스 가방을 들켰다가는 문제가 더 커질 것 같았다.

'설마, 출근했겠지. 했을 거야.'

뛰듯이 아파트 단지로 돌아온 해환은 일단 주차장부터 한 바퀴 돌았다. 아빠의 차가 없다면 외출한 것이다. 다행히 아빠의 차

크리링을 훔치는 가장 완벽한 방법

205

는 보이지 않았다. 해환은 일단 안심하고 집으로 향했다. 현관에 부모님의 신발이 없는 것을 다시 한번 확인한 후에야 발소리를 죽이며 집 안으로 들어섰다.

안방은 열려 있었다. 부모님도 없었다. 해환은 곧바로 옷장을 뒤졌다. 부모님은 옷이나 가방마다 비상금으로 잔돈을 넣어두는 습관이 있었다. 처음 건담을 시작했을 때 그런 비상금을 턴 것이 좀도둑질의 시작이었다.

몇 번이고 옷장을 뒤지다 결국 들켰다. 하지만 부모님은 크게 뭐라고 하지 않았다. 중학교에 들어가니 지출이 늘어나서 그런가 하며 오히려 용돈을 인상해 줬었다.

해환은 가끔 그때의 일을 떠올리며 생각했다. 만약 그때 크게 혼났다면 나중에 건담을 훔치는 일은 없었을까? 가정해 봐야 소용없었다. 한번 흘러간 과거는 결코 돌아올 수 없으니까.

옷장을 샅샅이 뒤진 결과 2만 5천 원의 수입을 올릴 수 있었다. 해환은 또라이가 딴소리를 할지도 모른다는 생각에 그 돈을 모두 챙겼다. 거실 시계를 보니 어느새 오후 2시가 넘어 있었다. 해환은 다시 집을 나섰다. 한 번 왕복했다고 가는 길이 눈에 익었다. 날 듯이 뛰어 말 그대로 황무지를 가르며 서점으로 돌아갔다.

그새 서점에는 손님이 여러 명 와 있었다. 초등학교가 끝난 듯 해환보다 어린 아이들 몇몇이 매대마다 앉아서 책을 읽거나 웃고 떠들며 뭔가를 공책에 적고 있었다. 그중에는 중국집 앞에서 건담 노트에 한참 필기를 할 때 해환을 지켜보던 여자애도 있었다.

여자애는 서점 사장과 뭔가 대화를 하고 있었다. 정확히는 여자애가 일방적으로 말을 걸고, 사장은 고개를 끄덕일 뿐이었다. 해환은 저렇게 거대하고 무뚝뚝하고 이상한 명언만 남발하는 또라이와 어떻게 대화를 하는 건지 궁금해졌다.

해환이 계산대로 다가갔다. 사장이 먼저 해환을 발견하고 고개를 돌리자, 여자애 역시 시선을 돌려 해환을 바라보았다. 해환은 자신을 빤히 바라보는 여자애를 무시한 채 사장에게 5천 원을 내밀며 말했다.

"크리링 줘요!"

해환의 목소리가 너무 큰 탓에 아이들의 대화가 잠깐 끊겼다. 아이들은 잠시 해환을 바라보는가 싶었지만 다시 각자 떠들었다. 해환은 신경 쓰지 않았다. 그래 봤자 초등학생들, 오늘 지나면 만날 일도 없는데 무슨 상관이랴. 이제 또라이는 고개를 끄덕일 거고, 해환은 크리링을 되찾으리라. 그럼 이 말도 안 되는 헛소동도 끝이다. 크리링은 이대로 집으로 갖고 갈 거고, 내일 중국집 사장에게 돌려줄 거다. 해환은 개과천선하는 해피엔딩. 디 엔드.

그렇게 끝이 났어야 했는데, 사장이 고개를 저었다. 다시 손가락을 쫙 펴 보였다.

"5천 원 가져왔잖아요!"

사장이 고개를 세게 가로저었다. 손바닥을 쫙 펴서 해환의 눈앞에 갖다 댔다. 사장의 손은 너무 커서 해환의 얼굴이 완전히 가려질 정도였고, 그제야 해환은 자신이 무슨 착각을 했는지 알 것 같았다.

"혹시, 5만 원이에요…?"

"말귀를 못 알아듣네."

여자애가 둘의 대화에 끼어들었다.

"사장님은 지금 50만 원이라고 말하고 있는 거야."

사장이 씨익 웃더니 말했다.

"1997 리미티드 에디션."

"건방진 크리링 자식!"

해환은 서점을 나서며 고함을 질렀다.

"주인공도 아닌 주제에 왜 네가 한정판이야!"

설마 크리링에도 한정판이 있을 줄 몰랐다. 게다가 그 가격이 50만 원일 줄은 더더욱!

50만 원을 어디서 구한단 말인가.

어쩌다 자기가 이런 상황에 처했는지 이해할 수 없었다. 애초에 중국집이 문만 닫지 않았다면, 무심코 크리링을 훔치지만 않았다면, 건담 프라모델 매장에서 건담 프라모델을 훔치다 걸리지만 않았다면, 아예 건담 프라모델을 시작하지 않았다면, 중학교에 입학해서 짝꿍을 잘못 만나지 않았다면, 않았다면, 않았다면… 계속 원인을 찾다 보니 해환은 태어나지 않았다면 좋았겠다는 생각까지 하고 있었다.

"제길, 제기랄! 크리링! 크리링 너!"

"그렇게 크리링이 갖고 싶어?"

그때 뒤에서 누군가 말을 걸어왔다. 해환의 뒤에는 아까의 여자애를 비롯한 다른 아이들이 흥미롭다는 표정으로 해환을 바라보고 있었다.

해환은 무시했다. 애들 상대할 때가 아니었다. 지금은 어떻게든 크리링을 돌려받는 게 중요했다.

역시 다시 훔칠까?

"야, 내가 묻고 있잖아."

아니다, 그건 위험 부담이 너무 크다. 건담 프라모델에 무심코 손을 댔다가 이 모양 이 꼴이 났다. 크리링을 훔치다가 더 큰 뭔가를 책임지는 상황이 될 수도 있다. 생각해 보면 건덕도 그랬다.

"야, 내 말 안 들리니?"

건덕은 처음부터 해환의 좀도둑질을 눈치채고 있었다. 물적 증거를 확보한 후 거액의 합의금을 받을 생각으로 모른 척하고 있던 것이다. 건덕은 CCTV를 들고 해환의 부모님을 협박했다. 합의금으로 500만 원을 요구했다. 부모님은 그 요구를 들어줄 수밖에 없었다.

"어이, 도둑놈!"

해환의 생각을 비집고 여자애의 목소리가 들려왔다.

"뭐?"

해환은 그제야 정신을 차렸다. 바로 옆에 서서 자신을 빤히 올려다보는 여자애를 발견했다.

"뭐, 뭐야, 너는?"

"곤란한 일이 생긴 것 같은데, 안 그래?"

"남의 일에 신경 꺼."

해환은 차갑게 내뱉고 나서 기분이 나빠 한마디를 더 붙였다.

"누구보고 도둑놈이래! 야, 난 너보다 훨씬 나이 많거든! 존댓말해, 존댓말!"

"크리링 훔쳤잖아."

"뭐?"

"오늘은 건담도 훔쳤고. 아냐? 내 말 안 들으면 재미없을 텐데. 동네에 확 다 소문 내 버린다? 아니면 네 부모님한테 찾아가서 말하는 건 어때?"

해환은 상황이 어떻게 돌아가는지 알 수 없었다. 하지만 한 가지는 확실했다.

지금 이 여자애는 해환을 공갈 협박하고 있었다.

"뭐, 어쩌라고."

"일단 가진 돈 다 내놔."

지금 이 어린애가 날 삥 뜯는 건가?

해환은 기가 막혀 여자애를 바라봤다.

"안 내놔? 그럼 경찰에 신고한다?"

해환은 지난번 동네에서 일이 커졌던 걸 떠올렸다. 급히 주머니에서 옷장을 뒤져 찾아낸 2만 5천 원을 꺼내 여자애에게 건넸다.

"좋아. 잘했어, 도둑놈."

"뭐, 도둑놈?"

"도둑놈보고 도둑놈이라는데 꼽냐?"

해환은 할 말을 잃었다.

"그럼, 수고해, 도둑놈. 나중에 용돈 필요하면 또 말할게."

여자애는 그렇게 깔깔거리더니 서점으로 들어가 버렸다.

"와, 미치겠네, 진짜."

해환은 너무 짜증이 나서 비명을 지르고 말았다.

어쩔 수 없이 해환은 크리링 대신 건담 프라모델이 든 가방을 들고 집으로 돌아왔다. 이 상황을 어떻게 변명해야 할지 난감했다. 분명 부모님은 해환을 보고 크게 화를 낼 것이다.

하지만 집 안은 여전히 텅 비어 있었다. 엄마는 집에 늦게 들어오는 일이 있으면 늘 메모를 남겼는데 오늘은 그것조차 없었다. 또 해환이 굶지 않도록 언제나 냉장고나 식탁에 먹을 것이 있었건만, 그 역시 오늘은 아니었다.

해환은 안방으로 향했다.

"아빠? 엄마?"

안방은 해환이 아까 낮에 옷장을 뒤졌을 때 이후로 아무것도 변한 게 없었다. 아침에 아빠가 대성통곡을 하기 전에 했던 말들이 떠올랐다.

해환은 눈물이 쏟아질 것 같았지만 가까스로 꾹 참고 주먹을 꽉 쥐었다. 이 정도로 기가 죽을 수는 없었다. 크리링만 돌려주면 모든 게 해결될 거다. 바뀐 모습을 보여 주고야 말 테다. 해환은 캔버스 가방 사이로 삐죽 튀어나온 건담 프라모델을 바라보며 마음속으로 다시 한번 다짐했다.

결국 방법은 하나밖에 없었다. 크리링을 다시 훔치는 것!

해환은 이를 꽉 악물고 자기 방으로 돌아갔다. 평소라면 건프라를 조립하는 일에 집중했겠지만 오늘은 달랐다. 건담 노트부터 폈다. 그리고 오늘 있었던 일을 빠르게 기록해 나갔다.

그중에서도 해환이 가장 신경을 써서 적은 것은 서점의 풍경과 구조였다. 서점 곳곳에 어떤 것들이 있었나, 특히 방 안에 프라모델과 크리링 등이 어떤 위치에 있었는가를 적으며 해환은 촘촘하게 구상해 나갔다. 크리링을 훔치는 가장 완벽한 방법을.

다음 날 해환은 다시 7시 반에 집을 나섰다. 어젯밤을 꼴딱 새 버렸다. 해환이 자력으로 밤을 샌 건 처음 건담 프라모델을 조립했던 날 이후 처음이었다. 크리링을 훔치는 방법을 연구하자니 신경이 곤두서서 잠을 잘 수 없었다. 중간에 야식으로 라면까지 끓여 먹으면서 해환은 연구를 계속했다.

갖가지 방법을 생각해 봤다. 화장실을 다녀오는 척하며 크리링 훔치기, 삥 뜯은 아이들을 협박해 크리링 훔치기, 재빠르게 프라모델을 제자리에 놓고 크리링 빼내 오기, 또 다른 크리링을 준비해 바꿔치기하기… 딱 이거다 싶은 방법은 없었다. 이밖에도 중국집에서 크리링을 훔쳤던 방법을 응용해 크리링을 다른 손님의 가방에 몰래 집어넣는 방법도 생각해 봤지만 그것 역시 걸릴 가능성이 높았다.

대신 밤새도록 연구한 결과 한 가지 얻은 건 있었다. 이제 해환은 눈을 감아도 떠올릴 정도로 서점의 구조가 익숙해졌다. 그래서 일단 서점에 가 보기로 했다. 현장에 있다 보면 더 좋은 아이디어가 떠오를 수도 있으니까.

오늘은 중국집이 문을 일찌감치 열었다. 문 너머 사장의 실루엣을 발견하자 가슴이 쉴 새 없이 콩닥거렸다. 어제는 크리링이 있었기에 자신만만했다. 별로 비싸지도 않은 물건이니까 머리 한 번 숙이면 끝날 일이라고 생각했다.

하지만 가격을 알고 나자 생각이 달라졌다. 중국집 사장은 해환을 용서하지 않을지도 모른다. 이대로 빈손으로 어슬렁거리다 잡히면 경찰서행이 될 거다. 그제야 해환은 부모님의 반응을 이해할 수 있었다. 크리링의 가격을 안 거다. 해환이 좀도둑질을 넘어서 50만 원짜리 물건에까지 손을 댔다는 사실에 크게 실망한 거다.

'결전이다.'

해환은 주먹을 꽉 쥐었다. 크리링 훔치기를 멋지게 성공해 중국집 사장에게 돌려주고 부모님의 마음을 돌리고 싶어졌다.

서점에 들어섰다. 그런데 서점 안이 텅 비어 있었다. 내부는 해환이 밤새도록 생각한 모습 그대로였다. 또 사장도 없었다. 너무 이른 시각이라 아직 안 나온 것일 수도 있었으나, 어제 갑작스레 튀어나왔던 일을 떠올리면 화장실이나 내부의 어떤 공간에 있는 것

크리링을 훔치는 가장 완벽한 방법

일 수도 있었다.

해환은 긴장을 놓지 않고 천천히 서점 안을 둘러보는 척하다 방으로 향했다.

방에는 어제와 마찬가지로 각종 잡동사니가 놓여 있었다. 다시 봐도 영 쓸모가 없어 보이는 물건들이었지만 지금 보니 뭔가 달라 보였다. 어쩌면 이 물건들 사이에 크리링처럼 고가의 물건이 섞여 있을지도 모른다. 그것들이 귀중품일지도 모른다는 생각이 들자 해환은 행동이 조심스러워졌다. 찬찬히 물건을 훑어보다 크리링이 놓였던 위치에 도달했다.

그런데 크리링이 없었다.

해환은 속으로 적잖이 당황했다. 분명 또라이 사장은 여기에 크리링을 놓았다. 그런데 어디로 갖고 간 거지?

'설마.'

해환은 갑자기 크리링의 가격이 떠올랐다. 50만 원짜리 고가의 물건. 그렇다면 사장은 이 물건을 어딘가 다른 곳에 소중하게 놓은 것이 아닐까?

해환은 방을 나왔다.

그사이 서점에는 손님이 늘었다. 어제의 여자애를 비롯해 다른 애들도 와 있었고, 그런 아이들의 보호자인 듯한 어른들도 웃으며 대화 중이었다. 아이들은 해환을 보고는 알아본 듯한 표정을 지어 보였지만 해환은 모른 체했다. 그보다는 크리링을 찾는 일이 중요했다.

해환은 다시 한번 꼼꼼하게 서점 구석구석을 살폈다. 재즈 CD 가 산더미처럼 쌓인 곳도 살펴보고, 각종 동화책이 있는 코너를 지나 오래된 오락 기계가 놓여 있는 코너, 커피 관련 도구가 놓여 있는 찬장까지 살폈으나 크리링은 없었다.

다른 공간이 있는 게 분명했다. 해환은 화장실 쪽을 흘깃 봤다. 화장실 옆 원목 병풍 너머에 내실이 따로 있는 것 같았다. 어른들이 그곳을 왔다 갔다 하며 따뜻한 차 같은 것을 내왔다. 생각해 보니 이상한 풍경이었다. 손님인데 왜 자기들 마음대로 주방에 왔다 갔다 한단 말인가.

"차 마시려면 500원."

그런 해환의 질문에 대답하듯 누가 또 말을 걸어왔다. 고개를 돌려보니 어제 돈을 뜯어 간 여자애가 히죽거리며 해환을 바라보고 있었다.

"기본적으로 무인 서점이거든. 깨끗하게 쓰고 돌려놓으면 돼. 책을 보는 것도 마음대로 해도 돼."

"어, 그, 그래."

해환은 귀찮게 됐다고 생각하며 여자애를 무시했다. 다락으로 올라가는 계단 바로 옆에 위치한 주방 쪽으로 향하는데, 여자애가 해환을 졸졸 따라왔다.

"500원 내고 마셔."

"차 안 마실 거거든?"

해환은 무뚝뚝하게 대꾸하며 주방을 살폈다. 그곳에도 크리링은 없었다. 설마 그럴 리는 없겠지만, 일단 화장실도 들어가 살폈다. 물론 그곳에도 없었다. 그렇다면 마지막으로 살필 곳은 단 한 군데밖에 없었다.

다락.

해환은 다락으로 통하는 계단을 올려다보며 생각했다. 귀중품을 숨기는 데 아주 그럴듯한 장소였다.

"거기 옆에 스위치 있어."

여자애는 여전히 그런 해환을 졸졸 따라오고 있었다. 해환은 영 귀찮게 됐다고 생각하면서도 일단 여자애의 말대로 불을 켜고 계단을 올라갔다.

말 그대로 다락이었다. 높이가 낮은 작은 공간이 모습을 드러냈다. 원형 모양의 동그란 창문으로 아침 햇살이 들어왔다. 빛이 내려앉는 중앙에는 여러 명이 둘러앉기에 충분한 크기의 테이블이 놓여 있었다. 하지만 거기에도 크리링은 없었다. 혹시 몰라 한쪽에 놓인 장난감이 수북한 상자도 살피고, 어린이책이 뒤죽박죽 꽂힌 키 작은 책장도 살폈지만 헛수고였다.

'대체 크리링은 어디로 간 거야?'

해환은 짜증이 났다. 다시 계단 아래로 내려갔다. 여전히 여자애가 계단 아래서 히죽거리며 해환을 지켜보고 있었다.

"어때? 우리 서점 좀 멋지지?"

해환은 그런 여자애를 무시하고 병풍 너머 매장으로 걸어 나갔다가, 마침내 크리링을 발견했다.

현관에 들어서는 사장이 한 손에 크리링을 들고 천천히 걸어 들어오고 있었다. 사장은 해환을 보더니 그럴 줄 알았다는 듯 씨익 웃었다. 그리고 보란 듯이 크리링을 카운터 앞에 놓더니 해환과 눈을 마주치며 말했다.

"뭐 필요하신 거라도?"

사장은 해환의 머릿속을 다 들여다보고 있는 것 같았다. 단 한 시도 크리링을 손에서 놓지 않았다. 화장실에 갈 때도, 점심을 먹으러 서점을 나설 때도 늘 크리링과 함께였다. 심지어는 인형놀이라도 하는 것처럼 크리링 앞에 작은 컵을 두고 함께 커피를 마시는 시늉까지 했다.

해환은 사장의 치밀함에 기가 질렸다. 하지만 포기할 수는 없었다. 어떻게든 크리링을 되찾고 싶었다. 하루 종일 서점 안을 어슬렁거리며 사장을 관찰했다.

그 결과, 상대적으로 사장의 경계가 약해지는 순간을 발견했다. 그건 해환이 전날 건담 노트에 적기도 했던 방법 중 하나였다. 사장은 계산을 하거나, 어린애들과 함께 놀아 주거나 할 때 잠깐이나마 크리링에서 시선을 뗐다. 그 순간을 노린다면 크리링을 훔치는 게 가능할 것도 같았다.

오후 4시 무렵이었다. 교복을 입은 한 무리의 아이들이 서점에 들어왔다. 해환의 또래로 보였다. 해환은 그들을 흘깃거렸다. 약간 부러웠다. 해환의 부모님은 해환을 휴학시켰다. 내년이 될 때까지 학교에 갈 일은 없었다.

아이들 덕분에 기회가 왔다. 서점에 들어온 중학생들이 시끄럽게 떠들자, 사장의 신경이 그쪽으로 쏠렸다. 사장이 주의를 주기 위해 자리에서 일어났다. 이번에는 크리링을 손에 들지 않았다. 해환은 그 틈을 놓치지 않았다. 마침내 크리링을 손에 쥔 것이다. 해환은 눈물이 나도록 기뻤다.

'승리는 기다리는 자의 것이다! 바이 윤해환.'

해환은 사장의 말투를 흉내 내며 속으로 중얼거렸다. 그대로 크리링을 들어 올리려고 했는데 뭔가 이상했다. 크리링이 카운터에 딱 붙어 꼼짝도 하지 않았다. 힘을 줘 봐도 소용없었다. 크리링은 말 그대로 카운터에 붙어 있었다.

"뭐 필요하신 거라도?"

낯익은 목소리가 뒤에서 들렸다.

사장이 히죽거리며 해환을 바라보고 있었다. 해환은 그런 사장에게 말할 수밖에 없었다.

"아, 아무것도 아닙니다."

'다 끝났어.'

해환은 서점 앞에 주저앉아 있었다. 카운터에 접착제로 붙여 놓다니, 카운터를 통째로 훔치지 않는 이상 방법은 없었다.

이제 방법은 단 하나뿐이었다.

솔직하게 말하고 용서를 빌자.

하지만 용서를 받아 줄까?

50만 원짜리 피규어랬다. 그렇게 비싼 걸 훔쳐서는 빈손으로 나타난다면 누가 용서해 줄까. 마음 같아서는 다 관두고 싶었다. 도망치고 싶었지만 텅 비어 있는 집을 떠올리자니 도저히 그럴 수 없었다.

해환은 길게 한숨을 내쉬었다. 무거운 발걸음으로 중국집으로 향했다. 어제와 달리 중국집은 활짝 열려 있었다. 중국집 사장은 카운터에 서서 마침 계산을 하는 손님들을 맞고 있다가, 쭈뼛거리는 해환을 발견하고는 먼저 알은체를 해 주었다.

"아, 너 왔니?"

중국집 사장의 웃음에 해환은 더 긴장했다. 온몸에서 식은땀이 났다. 몸이 덜덜 떨렸다. 중국집 사장의 웃음이 더 불길했다. 생각해 보니 건덕이 그랬다. 건덕은 해환을 웃으며 맞았다. 그래 놓고 해환을 잡아서 마구 주먹질했다. 이번에는 무려 50만 원짜리다. 얻어맞을 거다. 크게 혼쭐이 날 거다. 경찰서에 끌려갈 거다. 이번에야말로 감옥행이다. 저절로 무릎을 꿇을 수밖에 없었다. 해환은 머리를 바닥에 조아리고 크게 용서를 빌었다.

"제가 크리링을 훔쳤습니다! 정말 잘못했습니다!"

해환은 그간의 일을 솔직하게 털어놓았다. 크리링을 훔친 일, 건담을 훔치다 걸렸던 일, 부모님이 돌아오지 않는 일…. 처음에는 그저 크리링을 훔친 일만 이야기하려고 했는데, 정신을 차려 보니 그간 있었던 일을 모두 고백하고 있었다. 처음 엄마의 옷장에서 돈을 훔쳤을 때의 일을 이야기할 때는 그만 눈물이 터져 버렸다.

지금까지 늘 마음 한구석으로 자신은 잘못한 게 없다는 생각이 있었다. 모든 건 주변에서 자신을 말리지 않은 탓이라고 원망해왔다. 하지만 해환은 지금 이 순간 진심으로 자신이 잘못했다고 느꼈다. 주변에서 무엇이라고 말했든 간에 물건을 훔친 건 해환이었다. 자신이 저지른 일에 책임을 지는 것, 그건 당연한 일이었다. 왜 그 당연한 걸 지금까지 몰랐을까?

"해환아, 밥은 먹었니?"

한참 머리를 조아리고 있자니 다정한 목소리가 들렸다. 낯익은 목소리였다. 고개를 들어보니 눈앞에 아빠가 쭈그리고 앉아 있었다. 병원에 입원했던 엄마도 함께였다.

"우리 아들, 짜장면 먹을까?"

해환은 영문을 모르겠다는 표정으로 부모님을 바라보다가 다시 울었다. 엄마를 끌어안고 잘못했다고, 다시는 안 그러겠다고 진심으로 말했다.

현관 앞. 서점 사장과 여자애, 그리고 중국집 사장이 나란히 서서 막대사탕을 쪽쪽 빨며 그 광경을 지켜보고 있었다.

"이제 좀도둑질은 끝일까요?"

"그렇지는 않을 거야. 도벽은 그렇게 쉽게 끊을 수 있는 게 아니거든. 시간이 더 필요하지 않을까?"

중국집 사장의 말에 서점 사장이 해환의 건담 노트를 손에 들어 보이며 말했다.

"나는 그 2층 방에서 내가 알고 있는 것 한 가지에 단편을 하나 씩 쓰기로 결심했다. 글을 쓸 때마다 이렇게 하려고 노력했다. 그 건 엄격하고 효과적인 훈련 방법이었다. 바이 어니스트 헤밍웨이."

"아빠가 말하길, 저 애가 글 쓰는 재주가 있으니까 다른 데로 관심을 돌리면 도벽이 사라질 수도 있을 거래요. 저 애를 매일 서 점으로 불러서 이 노트의 뒷이야기를 쓰게 할 거래요."

"그렇게 마음처럼 될까?"

"될 거예요. 아직 아빠에게는 크리링이 있으니깐요. 이 노트를 완성해야 크리링을 돌려준다고 협박할 거거든요."

"내가 부탁한 일이지만 믿기지가 않아."

중국집 사장은 진심으로 반성하는 해환을 보며 감탄한 표정으 로 말했다.

"참, 크리링 말인데, 어쩌면 그렇게 감쪽같이 속였어? 그거 손오 공 사고 사은품으로 거저 받은 거란 말여. 뭔 놈의 리미티드 에디 션 타령이여? 저 애가 속으로 얼마나 놀랐을지 생각해 봐."

중국집 사장이 막대사탕을 빨며 말했다.

해환이 크리링을 훔친 날, 해환의 부모님은 바로 크리링을 갖고 중국집 사장을 만나러 갔다. 해환의 도벽을 이야기하고 크리링을 돌려줬다. 중국집 사장은 크리링을 받는 대신, 해환의 부모에게 서 점 사장을 소개시켜 줬다.

"혹시 모른다는 생각으로 서점에 맡겨 보시지 않겠어요?"

"서점요?"

중국집 사장 아들도 중학생 시절엔 유명한 말썽쟁이였다. 안하무인, 누구 말도 안 듣던 아들을 정신 차리게 만든 게 서점 사장이었다.

해환의 부모님도 속는 셈치고 서점 사장을 만났다. 그때 서점 사장이 해환의 부모님에게 크리링을 둘러싼 이 멋진 연극을 제안했다.

"아빠도 예전에 도벽이 있었대요. 20년 전 중학생 때요. 그때 아빠는 도서 대여점에서 매일 책을 빌려와서는 돌려주지 않았대요."

"나중에라도 돌려줬겠지."

"아니, 안 돌려줬대요."

"책 도둑이 서점을 차렸다고? 기가 막힌 결론이구먼."

중국집 사장이 그 말에 웃었다.

"대신, 아빠는 나중에 반성하고 그 도서 대여점이 폐점할 때 그곳에 있는 책을 모두 정가로 구입했어요. 밀린 연체료도 모두 갚았고요."

"사과는 마음만으로 할 수 없다. 반드시 물질적 보상이 따라 줘야 한다. 바이 서정원."

서점 사장이 말했다.

"서정원은 누구야?"

중국집 사장이 물었다.

"우리 아빠요."

여자애가 말했다.

환상의 책방 골목

초판 1쇄 펴낸날 2021년 10월 15일
초판 7쇄 펴낸날 2022년 11월 17일

글	김설아, 이진, 임지형, 정명섭, 조영주
편집	한해숙, 신경아
디자인	최성수, 이이환
마케팅	박영준, 한지훈
홍보	정보영, 박소현
영업관리	김효순

펴낸이	조은희
펴낸곳	주식회사 한솔수북
출판등록	제2013-000276호
주소	03996 서울시 마포구 월드컵로 96 영훈빌딩 5층
전화	편집 02-2001-5820 영업 02-2001-5828
팩스	02-2060-0108
전자우편	isoobook@eduhansol.co.kr
블로그	blog.naver.com/hsoobook
페이스북	chaekdam
인스타그램	chaekdam

ISBN 979-11-7028-910-4

류알 코드를 찍어서
독자 참여 신청을 하시면
선물을 보내 드립니다.

 책담 다른 내일을 만드는 상상